# Gina Kuypers

# Wendys Sicht

**Gina Kuypers Wendys Sicht**

**Genre:** Tiergeschichte / Autobiografie

Bibliografische Information der Deutschen Nationalbibliothek: Die Deutsche Nationalbibliothek verzeichnet diese Publikation in der Deutschen Nationalbibliografie; detaillierte bibliografische Daten sind im Internet über http://dnb.dnb.de abrufbar.

Verlag: BoD · Books on Demand GmbH,
In de Tarpen 42, 22848 Norderstedt, bod@bod.de
Druck: Libri Plureos GmbH, Friedensallee 273, 22763 Hamburg
ISBN: 978-3-7693-0154-0

# Inhaltsverzeichnis

I

# EIN PAAR WORTE ZU MIR

Ich bin rein äußerlich ein Hund.
So steht es zumindest in meinem Pass. Podenco-Mix steht da. Keine Ahnung, was das sein soll.
Vielleicht ist das mein Name. Diesen habe ich noch nicht herausgefunden, da ich ständig anders angesprochen werde. Dazu später mehr.
Ich bin ein Mädchen und sehe verdammt süß aus, was mir auch permanent bestätigt wird.
Mein Fell ist seidig und sehr kurz, wachsen tut es nicht. Mehrere Farben sind in meiner Bekleidung, was ich gut finde, denn schließlich trage ich jeden Tag das Gleiche.
Von warmen goldenen bis in dunkle Töne hinein, die ineinander überfließen.
Meine Beine sind ellenlang und generell ist mein ganzer Wuchs sehr schlank. Wenn ich neben einem Zweibeiner stehe, reicht mein Kopf, wenn ich mich etwas strecke, bis zur Hosentasche.
Was natürlich auch ein Riesenvorteil ist. So kann ich schnell checken, ob und in welcher Tasche sich was befindet.

## DIE REISE BEGINNT

Was meine Nationalität betrifft, habe ich
rumänische Wurzeln.
Meine Mama lebte in Rumänien auf der Straße.
Als sie mit mir und meinen Geschwistern
trächtig war, wurde sie gottseidank von
freundlichen Leuten eingefangen und in
Sicherheit gebracht. So wurde mir es zumindest
erzählt.
Sie kam dann mit vielen anderen Fellgesichtern
in ein Auto und wurde nach Deutschland
gebracht.
Hier sind alle herzlich willkommen.
So konnte ich also ganz entspannt am 28.05.2017
das Licht der Welt in einem Land erblicken, in
dem alles gut geregelt, organisiert und
strukturiert ist. So macht es zumindest auf uns
alle den Eindruck. Jeder Zweibeiner weiß, was
er zu welcher Uhrzeit wie zu tun hat. Da ich
also in Deutschland geboren wurde, spreche ich

selbstredend die Landessprache nahezu perfekt.
Wir durften also ein paar Wochen mit unserer
Mutter zusammenbleiben. Diese Zeit habe ich
sehr genossen. Auch das Toben und Ausprobieren
mit meinen Geschwistern war wundervoll.
Eines Tages jedoch fuhr ein Auto vor. ich war
fünf Monate alt und man holte leider nur mich
ab. An Bord waren allerdings mehrere meiner
Art.
Wir fuhren eine ganze Weile und an
verschiedenen Orten stiegen immer ein paar von
uns aus.

## DAS BANGEN

Wir kommen auf einer Art Bauernhof an. Diesen Ort finde ich von Anfang an unsympathisch. Es ist dunkel, kalt und nass. Es regnet in Strömen. So denke ich mir, naja, lass erstmal reingehen.

Pusteblume. Wir, also die mit Fell, werden in einen „Raum" geführt, der nicht mal einen richtigen Fußboden hat. Die Tür steht sperrangelweit offen und bleibt es auch, es zieht wie Hechtsuppe. Ich kann gar nicht überblicken, wie viele wir sind, da so ein aufgeregtes Hin- und Hergerenne und Gebelle stattfindet. Ich habe keinen Überblick und sowas kann ich überhaupt nicht leiden.

Wir sind alle hungrig, nervös und müde. Jemand kommt herein und stellt für alle eine Schüssel mit Futter hin. Man kann sich vorstellen, was das bedeutet. Alle stürzen sich drauf. Nun gilt es, entweder Zähne zu zeigen oder sich brav zurückzuziehen und zu warten, bis man dran ist.

Diese Situation ist mir komplett neu und ich muss schauen, dass ich irgendetwas fressbares abbekomme.

Mir knurrt so dermaßen der Magen, was meiner ganzheitlichen Stimmung überhaupt nicht zuträglich ist. Wenn ich Hunger habe und dazu noch müde bin, sollt man mir lieber aus dem Weg gehen.

Hier stellen sich offensichtlich die Weichen für meinen sich entwickelnden Futterneid.

Die Tage gehen so dahin, mittlerweile bin ich einen Monat hier. Ab und zu kommt jemand herein und bringt Futter. Dann und wann, wenn draußen ein Auto hält, wird einer von uns geholt. An dieser Stelle schließen wir anderen Wetten ab, ob unser Kollege wohl wiederkommt oder eher nicht.

Das sind die Momente, in denen wir, die, die nicht herausgeholt werden, einfach nur neidisch sind. Wir bekommen mit, dass fremde Zweibeiner uns anschauen wollen und somit prüfen, ob sie uns mitnehmen. Heute Morgen spüre ich es sofort, ich bin an der Reihe. Meine Besitzer vom Bauernhof kommen zu uns herein und quatschen ganz aufgeregt auf mich ein. Sie reden so schnell, dass ich nur einzelne

Wortfetzen mitbekomme.

Brav, lieb, nicht bellen, den Rest verstehe ich nicht oder vergesse ihn direkt wieder, so eine Aufregung macht sich breit.

Mit jedem Auto, was sich nähert, steigert sich meine Aufregung.

Endlich nehme ich draußen Stimmen wahr, viele verschiedene.

Hier unter uns laufen schon wieder die ersten Wetten, ob die fremden Zweibeiner mich mitnehmen oder ob sie mich nicht wollen.

Ich bin noch nicht mal zum Anschauen geholt worden, da muss ich mitbekommen, dass alle darauf wetten, dass ich nicht mitgenommen werde.

Ja, ich weiß, ich bin ein kleines Ungestüm und wirke daher manchmal etwas hektisch, gerade wenn ich aufgeregt bin.

Ich versuche, mich zu sammeln und mir ins Gedächtnis zu rufen, was mir heute Morgen gesagt wurde. Wie ich mich benehmen soll. Ich weiß nichts mehr.

Endlich, nach einer gefühlten Ewigkeit, werde ich geholt.

Keine Chance, die versuchten guten Ratschläge oder Vorsätze in diesem Moment anzuwenden.

Ich stürze los, auf den erstbesten der Fremden zu. Es herrscht die pure Aufregung, nicht nur bei mir, wie ich merke, sondern auch bei den fremden Zweibeinern. Zumindest die mit der hellsten Stimme ist auch ganz außer sich. Ich stürze von einem zum anderen und weiß gar nicht, bei wem ich zuerst auf den Arm oder wenigstens gestreichelt werden will. Die Krönung sind die Leckerchen, die nur für mich allein herausgeholt und mir gegeben wurden. Jetzt drehe ich völlig durch!

Eine dieser fremden Stimmen gehört einer kleineren Person. Hier komme ich ganz einfach in die Nähe des Gesichts und kann viele Freudenküsse verteilen. Ich verstehe nicht, warum der Kleine sich immer so abwendet.

Bei dem Größten der Dreien, der mit der tiefsten Stimme, versuche ich natürlich auch mein Glück. Ich springe an ihm hoch, um ihn ebenfalls mit meiner Freude zu überschwemmen. Es wird durchgehend geredet, ich kann immer noch nicht denken, zu hoffen wage ich erst recht nicht. Aber ich wünsche mir so sehr, dass diese fremden Stimmen mich mitnehmen. Ich will hier raus und endlich ein angemessenes Hundedasein führen.

Nun kommt eine Leine ins Spiel. So etwas hatte ich erst einmal an. Sie wird um meinen Hals gelegt und der fremden Frau gegeben. Wir setzten uns in Bewegung.

Endlich schaltet sich mein Gehirn wieder ein, jetzt gebe ich mein Bestes.

Ich begreife, dass von diesem Gang alles abhängt, nur süß reicht da nicht.

Wir verlassen den Hof, den ich noch nie vorher von außen gesehen habe. Ich laufe direkt an den Füßen der mir noch fremden, aber sympathischen Frau. Auch gebe ich keinen Laut von mir. Ich kann mich wieder an ein paar Wortfetzen von heute Morgen erinnern, lieb, brav, nicht bellen. Zumal mir meine Fellkollegen gesagt haben, dass meine Belle etwas Besonderes ist, um nicht zu sagen wolfartig und sehr laut. Ich unterdrücke also meinem Drang, vor Freude wild herumzuspringen und meine Begeisterung in die Welt hinauszubrüllen, äh… zu bellen.

Ein paar Worte dringen nun auch an mein Ohr. Artig, lieb. Das genügt, um mich der Hoffnung nun vollkommen hinzugeben, dass diese Zweibeiner mich mitnehmen. Meine Konzentration nimmt mich so sehr ein, bloß keinen Fehler zu machen, dass ich ganz vergesse, Pippi zu

machen. Wir gehen eine Runde durch den Wald,
überquerten auch eine Straße und ich spüre
genau, dass sie sehen wollen, wie ich mich
mache.

Der große Augenblick naht, denn wir nähern uns
wieder dem Hof.

Ich höre die anderen Fellnasen schon, wie sie
überlegen, wie sie heute mit der Wette umgehen
sollen, wer als Gewinner gelten soll, da ja
alle das Gleiche gewettet haben. Der Einsatz
bei diesen Wetten ist immer sehr hoch. Die, die
recht haben, dürfen zuerst an den Futternapf.
Es tut schon weh, zu wissen, dass keiner dran
glaubt, dass mich jemand will. Dies liegt
sicherlich auch daran, dass ich wie schon
erwähnt ein wenig hektisch und ängstlich bin
und zu viel und zu laut belle. Dieses tue ich
doch nur aus Unsicherheit und um mir den ein
oder anderen Kollegen vom Pelz zu halten und
natürlich auch, um irgendwann an den Napf zu
kommen.

Wir sind also auf dem Hof zurück und betreten
das Haus. Ich gebe nochmal alles und blicke sie
so süß, wie ich nur kann, an. Ich schaue ihnen
direkt in die Augen und lasse sie da auch nicht
mehr raus.

Ich versuche, die Situation und auch die Worte
zu erfassen, um endlich zu wissen, ob heute
mein Glückstag ist.
Es erfolgt, wie mir scheint, ein endloses
Blabla zwischen den ganzen Zweibeinern.
Ich meine nun endlich mitzubekommen, dass sie
mich gern mitnehmen möchten, ich wage kaum
diesen Gedanken zu Ende zu denken.
Nun ziehen sich meine „Nochbesitzer" in einen
anderen Raum zurück, um sich, über diese
Entscheidung zu beraten. Verstehen kann ich
dies nicht, sie sind doch um jeden froh, der
weg ist von uns. Nicht nur in der Hoffnung,
dass wir nun ein schönes zu Hause finden, es
bringt auch noch Geld in die Kasse.
Ich möchte an dieser Stelle anmerken, dass es
uns schon gut geht bei den Hofbesitzern. Sie
geben uns Futter, wir müssen nicht frieren und
werden gut behandelt. Nichtsdestotrotz wünscht
sich jeder hier mit Fell, ein eigenes richtiges
zu Hause zu bekommen, irgendwann abgeholt zu
werden und hoffentlich im Paradies zu landen.
Endlich geht, nach einer gefühlten Ewigkeit,
die Tür auf. Ich habe unbewusst die ganze Zeit
die Luft angehalten, merkte erst jetzt wie mich
Sauerstoff durchströmt und ich irgendwie wieder

zu mir komme. Ich bin wie paralysiert.

Mein Impfpass wechselt von Hand zu Hand, Geld ebenso, auch Futter und Leine werden von einem zum anderen gereicht. An allen Gesichtern und den Bewegungen bemerke ich eine Veränderung und so langsam löst sich meine Anspannung und ich beginne zu begreifen, was hier gerade passiert. Ich kann nun endlich in ein neues Leben starten! Was für ein Wahnsinn, heute ist mein Glückstag! Ich belle meinen bisherigen Freunden zur Verabschiedung noch einmal zu, der ein oder andere wird mir vielleicht fehlen. Sie überlegen sich sicherlich bereits, wer heute zuerst an den Napf darf. Es hat ja schließlich keiner die Wette gewonnen.

Ich verlasse endlich den Hof gemeinsam mit meinen neuen Besitzern, ich freute mich wie Belle, äh… Bolle.

Heute ist der 11.11.2018, die Ankunft des Hoppeditz, irgendwie passt das.

# ÜBERFAHRT IN EIN NEUES LEBEN

Wir steigen in ein Auto. Der Mann und der
Kleinere steigen vorn ein, ich mit der Frau
hinten.

Ich kuschele mich sofort an sie und mache es
mir auf ihren Schoß bequem. Immer wieder suche
ich ihren Blickkontakt, ob ich auch ja nichts
falsch mache und sie meine vielleicht
aufdringliche Nähe auch möchte. Auch versuche
ich immer wieder ihr Gesicht zu erreichen, um
meine Dankbarkeit auszudrücken.

Ein bisschen ängstlich bin ich aber doch.
Schließlich kommt nicht jeden Tag ein neuer
Lebensabschnitt auf mich zu, zumal ich auch
noch nicht weiß, wie dieser sein wird.

Alle schauen mich immer wieder an und versuchen
beruhigend auf mich einzusprechen. Erst jetzt
merke ich, dass ich zittere wie Espenlaub.
Zumal ich auch spüre, dass sie alle ebenfalls
sehr aufgeregt sind.

Es ist bereits dunkel und wir fahren sehr
lange. Irgendwann halten wir an und steigen
aus. Sie gehen mit mir an der Leine hin und

her, ich weiß nicht, was das soll. Wir sind im Nirgendwo. Es ist kein Haus zu sehen, in dass wir vielleicht reingehen könnten. Sie reden auf mich ein, ich höre immer wieder nur ein Wort: „Pippi". Soll das jetzt mein Name sein?

Ich schaue sie verdattert an, bis wir schließlich weiterfahren. Gottseidank, ich dachte schon, dass hier draußen im Nirgendwo mein neues Zuhause sein soll.

Plötzlich stoppt das Auto wieder. Und wieder höre ich das Wort „Pippi". Ich habe das Gefühl, ich bin wie in einem Watteballon, ich verstehe gar nichts. Wenigstens sind wir hier an eine Stelle ausgestiegen, an der Häuser mit warmen Lichtern darinstehen. So habe ich die Hoffnung, nun endlich in eines dieser Häuser zu gehen, in dem mein neues Leben beginnen kann.

Nachdem ich natürlich nichts „gemacht" habe, gehen wir endlich auf eines dieser Häuser zu und gehen hinein, in mein neues Zuhause. Es ist herrlich. Es wirkt auf den ersten Blick gemütlich und warm.

Jetzt muss ich erstmal ins Detail gehen und alles ganz genau inspizieren.

Meine Nase ist sehr fein und ich kann genau riechen, wer und was hier wann war. Nicht nur verschiedene Menschen, sondern ich nehme auch andere Tiere wahr, die ich, glaube ich, nicht mag.

Ich möchte mein neues Zuhause und meine drei Retter ganz für mich allein. Diesen Kampf ums Essen täglich will ich nicht mehr. Aber schauen wir mal.

Ich flitze also von einer Ecke und Stelle zur nächsten und untersuche alles ganz ausgiebig. Ich konzentriere mich dabei auf die Etage, in die wir ohne Treppen gelangt sind. Es sind mehrere Räume, ich habe also ordentlich zu tun. Ich habe allerdings auch einen Riesenkohldampf, aber es geht nur eins nach dem anderen, zumal ich auch noch keinen Napf mit Essen gefunden habe. Ich gehe aber fest davon aus, dass ich heute noch etwas zu essen bekomme, hoffentlich ganz für mich allein.

Auch sehe ich in diesen Räumlichkeiten eine Art Auf.- oder Abgänge, diese inspiziere ich heute aber noch nicht. Will ich auch nicht, da ich nicht genau weiß, wie ich das machen soll. So ein Konstrukt kenne ich noch nicht. Außerdem habe ich so schon genug zu tun, ich muss ja irgendwo anfangen.

Jeder von den drei Zweibeinern bückt sich,

streichelt mich, redet auf mich ein - ich bin
sowas von „drüber".
Nun spüre ich auch noch meine Blase, die mir
randvoll erscheint. Ich kann meinen Hunger und
meine Neugier noch etwas steuern, aber meine
Blase schlagartig nicht mehr. Ich stehe mitten
im Raum und muss unter mich lassen. Das bin ich
ja auch so gewohnt. So haben wir es alle auf
dem Hof gemacht, in unserem Raum.
Ich muss so viel Wasser lassen, dass sich eine
Riesenpfütze, besser eine Lache, bildet. Die
Frau rennt los und wischt hinter mir her. Gibt
dabei aber keinen Laut von sich. Wieso tut sie
das. Als sie fertig ist, spricht Sie lieb, aber
eindringlich auf mich ein und führt mich in
einen kleinen Garten, der sich direkt hinter
einer Tür zu diesem Raum befindet. Hier legt
sie die Tücher hin, mit denen sie die Lache
beseitigt hat. Ich bin mir nicht ganz sicher,
was dies bedeutet, habe aber eine Idee. Ich bin
nämlich nicht nur süß, sondern auch sehr
schlau. Also versuche ich meine Idee umzusetzen
und mache in dem Garten bei dem Tücherhaufen,
nochmal ein kleines Geschäft. Meine drei neuen
Zweibeiner jubeln und loben mich, dass es mir
schon unangenehm ist. Sie machen ein Spektakel,

dass es die ganze Nachbarschaft mitbekommen muss. Na egal, ich habe auf jeden Fall etwas richtig gemacht. Ich versuche mir zu merken, dass ich „drinnen" nicht mehr Wasser lasse, sondern ab jetzt bei dem Papierhaufen im Garten. In diesem Zusammenhang höre ich auch wieder das Wort „Pippi" und begreife nun, was es bedeutet. Das haben sie also von mir gewollt, als wir den Zwischenstopp eingelegt haben. Also ist dieses Wort nicht mein Name. Ich lerne schnell.

Vielleicht ist mein Name der, mit dem sie mich auf dem Bauernhof angesprochen haben, wobei ich den bisher kein einziges Mal gehört habe, auch während der langen Fahrt nicht.

Cora

Cora

Während der Fahrt wurde der Begriff „Wendy" von dem kleineren Zweibeiner erstmalig genannt. Danach fiel dieser Begriff oder was immer das sein soll, öfter. Ich habe bis jetzt so viele Begriffe, Worte oder Namen gehört, dass ich noch nicht herausfinden konnte, was davon mein neuer Name sein soll.

So langsam nimmt das Hungergefühl überhand. Wie kann ich den Dreien denn jetzt klar machen, dass ich unbedingt, was Essen muss, mir ist schon ganz schlecht.

Nicht nur vor Hunger, auch von der ganzen

Aufregung und mittlerweile auch vor Müdigkeit.
Eigentlich möchte ich für heute nur noch essen
und schlafen, mehr schaffe ich nicht.
Ich bin aber leider immer noch völlig
aufgedreht. Ich befürchte, dass ich heute Nacht
kein Auge zu bekomme.
Vielleicht befürchte dies meine neuen Menschen
aus ihrer Sicht ebenso.
Ich bekomme, als könnten sie Gedanken lesen
schließlich etwas zu Essen. Es ist unglaublich,
ich muss mit niemandem teilen oder jemandem gar
den Vortritt lassen. Vorsichtshalber schlinge
ich aber trotzdem alles ganz schnell hinunter,
man weiß ja nie. Mir macht dieses Schlingen
auch nichts aus, da ich das gewöhnt bin. Also
das Problem mit dem Hungergefühl ist fürs erste
gelöst, wobei ich noch einiges verdrücken
könnte, wenn's nach mir ginge. Bleibt, noch
mein Müdigkeitsgefühl, gepaart mit der
Aufgedrehtheit. Wir werden sehen, was die erste
Nacht bringt.

# DIE 1. NACHT

Ich bin es gewohnt, auf einer dünnen Decke,
manchmal auch ohne eine Unterlage, zu schlafen.
Hier, in meinem neuen Zuhause, weiß ich nicht,
wo ich mich zuerst hinlegen will. Es wirkt
alles warm, gemütlich und dick gepolstert. Ich
laufe von einer Stelle zur nächsten und weiß
nicht, welche ich am besten finden soll. Ich
kann mich einfach nicht entscheiden. Je nach
Ecke und Stelle sind zu der Gemütlichkeit auch
noch streichelnde Hände dabei. Diese tun mir so
gut.
Dieses mir unbekannte Gefühl ist einfach
wunderbar.
Ich möchte so gern noch wach bleiben, um die
streichelnden Hände noch lange genießen zu
können und weitere großartige Eindrücke
aufzusaugen.
Aber meine Beine, gefühlt mein ganzer Kreislauf
sind irgendwann so wacklig, dass ich nun auf
einer warmen, dick unterpolsterten Stelle
umfalle und für das erste Liegen bleibe, ich
kann nicht mehr.

Ich schrecke aus einem diffusen Traum hoch, keine Ahnung, wie lange ich wohl geschlafen habe.

Ich war in diesem Traum wieder auf dem Hof und kämpfte um einen Platz am Napf. Ich muss mich sehr konzentrieren, um festzustellen, wo ich wirklich bin und was überhaupt los ist. Nicht hilfreich ist, dass alles dunkel und leise ist. Ich spüre auf mir eine Hand, die mich streichelt und beruhigt. Es sind die Hände des Mannes, er liegt direkt neben mir. Von der Frau und dem Kleinen sehe ich vorerst nichts. Ich bin so erleichtert, dass dies nur ein Traum war, dass ich schnell wieder einschlafe, mit der streichelnden Hand auf mir.

Diese Szene wiederholt sich in dieser Nacht noch öfter. Ich bin meinem neuen Herrchen so dankbar, dass er beharrlich neben mir liegt und mich beim Aufwachen immer wieder beruhigt, lieb und leise mit mir spricht. Auch gibt er mir nach jedem Aufschrecken die Möglichkeit in den Garten zu gehen, um Pippi zu machen. Das funktionierte hervorragend. Nicht nur, weil es mich von meinem Traum ablenkt, sondern, weil ich damit gleichzeitig verinnerliche, wo ich mein kleines Geschäft verrichten darf. Das

klappt so gut, als hätte ich es nie oder
nirgends anders gemacht.

Nach einer, zumindest für mein Herrchen, und
mich kurzen Nacht, wird es langsam hell. Ich
habe nach jedem Erwachen und damit verbundenen
„Pippigang" die Schlafstellen gewechselt. Da
ich mich beim zur Ruhelegen, zu Beginn der
Nacht, nicht entscheiden konnte, auf welcher
Decke ich es mir zuerst bequem mache, habe ich
dann das Nützliche mit dem Angenehmen
verbunden, indem eben jedes Mal das Lager
gewechselt habe. Welches das Beste bisher von
allen war, kann ich nicht sagen. Eins ist
schöner und gemütlicher als das andere.

Der Mann und ich schleppen uns so langsam in
den Tag. Richtig fit sieht keiner von uns aus.
Wir gähnen fast um die Wette.

Irgendwann, wir sind fast schon wieder am
Eindösen, kommt beschwingt und frohen Mutes
mein neues ausgeschlafenes Frauchen von oben
herunter. Sie kommt über dieses komische
Konstrukt, welches sie Treppen nennen. Da ich
von Natur aus sehr neugierig bin, möchte ich
doch zu gern wissen, woher sie kommt und was
sich dort ober noch befindet. Es gehört ja
schließlich zu meinem neunen Zuhause dazu.

Vor der Neugier steht aber noch der Hunger. Ich bin gespannt ob und wann ich etwas zu essen bekomme.

Bevor ich mir weiter darüber Gedanken machen kann, kommt sie auf mich zugestürmt, nimmt mich in die Arme, drückt mich ganz fest an sich und murmelt dabei leise in einer mir sehr angenehmen, höheren Stimmlage etwas in meine Ohren.

Nun bekomme ich aber auch wieder diese, mit den Lippen gemachten Drücker ins Gesicht, die dabei so komische Schmatzgeräusche machen.

Wie schon erwähnt, ist meine Nase hervorragend, aber nicht nur die, sondern auch meine Ohren. Je nachdem, wo diese Schmatzgeräusche stattfinden, hört es sich sehr laut für mich an. Es fühlt sich gleichzeitig, aber auch sehr schön an. Es macht so ein warmes Gefühl, welches ich bisher noch nicht kenne. Doch, wenn ich mich an meine Mutter erinnere, da war auch so ein Gefühl. Also ist es egal, ob es sich gerade etwas laut anhört, ich genieße einfach dieses wunderschöne Gefühl.

Nach geraumer Zeit macht sich doch langsam in mir Panik breit, da ich den Verdacht habe, dass sie mich gar nicht mehr loslassen will.

In solchen Situationen der Panik hat die Natur verschiedene Reflexe eingebaut. Entweder Flucht, Angriff oder Totstellen.

Wie nebenbei nehme wahr, wie die einzelnen Reflexe miteinander in mir ringen. Ich bin gespannt, welcher gewinnt und lasse die drei machen.

Noch bevor mein Gehirn endlich eine Entscheidung trifft, lässt sie von mir ab und geht beschwingt dabei nach mir rufend in die Küche. Genau zu der Stelle, an der ich bereits gestern mein Abendbrot erhalten habe.

# DER 1. TAG

Ich hoffe, ich habe die Zeichen richtig gedeutet und bekomme nun mein Frühstück.
Auch diesmal hoffe ich inständig, dass diese Mahlzeit wieder nur für mich ist. Ich kann mir da ja noch nicht sicher sein, da ich gestern auch Gerüche von anderen Tieren in meinem neuen Zuhause wahrgenommen habe. Weiß ich, ob die sich dort oben, von wo mein Frauchen heute früh herunterkam, vielleicht verstecken. Also es führt kein Weg dran vorbei, ich muss nach dem Frühstück dort hoch.
Wie aufs gedankliche Stichwort wird mir ein Napf mit leckeren, knusprigen Essen hingestellt.
Auch dieses herrlich duftende Futter ist ganz für mich allein. Ich stürze hin, bevor das ein Traum ist oder mir doch noch jemand zuvorkommt und schlinge auch diesmal alles herunter.
Getreu nach meinem Motto, sicher ist sicher.
Nach meinem Essen wird mir diese Gartentür geöffnet und ich kann mein „Geschäft „verrichten. Es wird wiederholt geklatscht und

gejubelt, was ich in diesem Moment echt albern finde, da ich heute Nacht ja genügend Gelegenheiten hatte, dies zu lernen. Die denken doch hoffentlich nicht, dass ich blöd bin. Ich renn also schnell wieder rein, da mir der Krach, meinet wegen echt unangenehm ist.

Ich mache nun wie geplant, mit meiner Inspektion des Hauses im unteren Bereich weiter. Eigentlich muss ich nochmal von vorn anfangen, es einfach zu viele Eindrücke gestern Abend auf einmal waren.

Während ich also nochmals alles ausgiebig lange beschnüffele, stellen meine Besitzer Essen auf einen Tisch. Was soll das denn jetzt. Ich hatte doch schon gefrühstückt, zumal ich durch die Höhe des Tisches gar nicht richtig an das Essen rankomme. Abwarten.

Sie setzen sich an diesen Tisch und essen die leckeren Dinge, die da oben, in für mich unerreichbar, stehen. Und ich…

Ich habe das Gefühl, als hätte ich noch nichts bekommen, so ein Appetit stellt sich ein.,

Alles duftet wunderbar. Zu meiner großen Enttäuschung muss ich feststellen, dass ich nichts abbekomme. Während sie reinschaufeln und aus vollem Munde kauen, schauen sie mich dabei fast ununterbrochen an. Sie sprechen, ob mit sich oder mir, kann ich nicht ausmachen, da mich diese Gerüche fast um den Verstand bringen. So etwas habe ich noch nie gerochen. Nachdem sie ewig lang gekaut, gesessen und nach mir geschaut haben, wird leider alles Duftende weggeräumt. Ich laufe hinter, um zu sehen, wohin all diese leckeren Dinge kommen. Sie werden in irgendwelchen Schränken versteckt, wahrscheinlich vor mir, so dass ich sie zwar nicht mehr sehen, aber leider immer noch riechen kann. Manchmal ist so ein guter Geruchssinn eher Fluch als Segen.

Es machte sich eine gewisse Aufregung breit. Alle ziehen sich irgendetwas an. Ich bekomme die Leine umgelegt. Plötzlich erfasst mich dabei Panik. Was ist, wenn sie mich zurück zum Hof bringen. Ich will dieses Paradies nie mehr verlassen. Ich schaue sie ängstlich an, gehe aber natürlich mit und hoffe, wir steigen nicht in dieses Auto ein. Zum Laufen wäre es eindeutig zu weit zum Hof.

Gottseidank, wir steuern am Auto vorbei und laufen einfach drauf los. Ich höre mein bereits gelerntes Wort „Pippi", also tue ich, was man mir sagt. Da dies außerhalb des Hauses und des

Gartens geschieht beginnt augenblicklich wieder
der Jubel, ebenfalls in einer Lautstärke, dass
ich zügig weiter gehen will. Jetzt glaube ich
echt, dass sie denken, Hunde wären dumm. Oder
ich wäre es. Ich nehme mir fest vor, sie vom
Gegenteil zu überzeugen.
Als das Jubelgeschrei in meinen Ohren endlich
nachlässt, trifft mich hier draußen eine
völlige Reizüberflutung. Alles an mir ist bis
aufs äußerste gespannt. Nase, Ohren, Aufregung
dazu, Wahnsinn. Ich weiß nicht, wo ich zuerst
hin schnüffeln, hören, sehen soll. Dabei möchte
ich mich doch auch so dringend auf meine
Leutchen konzentrieren. Nach wie vor gebe ich
mein Bestes, ich weiß ja nicht, ob es ein
Umtauschrecht für mich gibt.
Ich versuche mich extrem zu konzentrieren.
Vielleicht sprechen sie mit mir oder wollen,
dass ich etwas mache, dass muss ich unbedingt
mitbekommen. Da ich ihnen ja auch beweisen
will, wie schlau ich bin. Trotz aller guten
Vorsätze bin ich gerade total überfordert.
Wir laufen eine ganze Weile so dahin, was ich
super finde, weil ich in dieser Zeit etwas
runterkommen kann.
Ich war vorher noch nie so lange „draußen"

unterwegs. Ich merke auf jeden Fall, dass es
mir guttut, in dieser Herbstluft spazieren zu
gehen, sozusagen den Kopf freizubekommen. Ich
wühle in Blätterhaufen und versuche,
Eichhörnchen hinterher zu jagen, was wegen der
Leine keinen Erfolg hat. Naja, man kann nicht
alles haben. Wir laufen sogar ein Stück in den
Wald hinein. Hier riecht es besonders schön.
Für all meine Sinne stellt dieser Spaziergang
ein Fest dar.
So langsam bin ich erschöpft und müde, da mir
die schlaflose Nacht noch in den Knochen hängt.
Wir gehen weit und biegen mehrmals ab, so dass
mir fast doch wieder Zweifel kommen, ob ich
mein schönes neues Zuhause wiedersehen werde.
Bis wir tatsächlich an dem Auto und meinem
neuen Leben rauskommen.
Wir sind zurück in meinem neuen Zuhause.
Ich will gerade ins Innere stürmen, als ich
abgebremst werde und mir mit einem Lappen die
Füße abgewischt werden. Was soll das denn jetzt
wieder. Da sich aber auch das wie streicheln
anfühlt, lasse ich es über mich ergehen, zumal
ich ja ein lieber Hund sein will. Nachdem diese
Prozedur abgeschlossen ist, kommt die nächste
völlig unerwartete Überraschung. Ich bekomme

ein Leckerchen, Wahnsinn. Was für ein Hundeleben.

Ich bin schon wieder völlig außer Rand und Band, da gefühlt durchgehend tolle neue Dinge geschehen.

Ich schwankte zwischen dem Drang, mich hinzulegen und meiner Müdigkeit nachzugeben und dem, weiter mein neues zu Hause inspizieren zu wollen. Ich entscheide mich für Zweiteres.

Da kommt der dritte, der Kleinste von meinen neuen Leutchen die Treppe hinunter. Auch er kommt also von da oben.

Eigentlich möchte oder muss ich mich da jetzt auch umschauen. Ich traue mich aber noch nicht, will es aber unbedingt. Ich stehe auf der ersten Stufe und verharre da. Wie komme ich nun weiter, oh man, was für ein Dilemma. Der Kleine nimmt meine verzweifelte Situation wahr und nimmt sich meiner an. Er holt ein paar köstlich duftende kleine Kekse und lockt mich damit Stufe für Stufe nach oben. Er bleibt dabei neben mir und spricht aufmuntert auf mich ein. Das und vor allem die kleinen Kekse reichen aus, um mich nach oben zu bewegen. Es geht um eine Kurve und schon habe ich wieder normalen Boden unter den Pfoten.

Hier wirkt es noch gemütlicher, da sich auf dieser Etage noch mehr Liegeflächen befinden. Mit noch mehr Kissen, Decken, Teppichen, ich werde verrückt. Auch hier stellt sich mir die Frage, wo soll ich als erstes hin. Am besten, ich teste eins nach dem anderen aus. Ich springe und wirbele durch die Gegend, dass mir fast schwindlig wird. Ich muss dringend fünf Minuten an einem dieser schönen Plätze pausieren. Ich lasse mich an Ort und Stelle einfach fallen und schnaufe tief durch. Die Augen versuche ich offen zu lassen und die Ohren auf Radar zu stellen, schließlich will ich nichts verpassen.

# DIE NAMENSGEBUNG

Ob ich wollte oder nicht, ich muss tatsächlich
eingeschlafen sein. Als ich wach werde, ist
alles ruhig. Der Kleine ist weg, dafür liegt
mein Frauchen bei mir und schaut mich mit
großen, liebevollen Augen an. So liegen wir
eine Weile, das angenehme warme Gefühl
durchströmt mich, so dass ich beschließe mein
neues Frauchen ab sofort Mama zu nennen. Da ich
natürlich gerecht bleiben will, werde ich also
auch mein neues Herrchen ab sofort Papa nennen,
es soll sich schließlich keiner benachteiligt
fühlen. Meinen Entschluss teile ich meiner Mama
mit, in dem ich ihre Hände abschlecke und dies
auch im Gesicht versuche. Das ist meine Form
des Streichelns und dem Ausdrücken, dass ich
jemanden liebhabe. Sie lässt mich gewähren und
redet dabei beruhigend auf mich ein. Ich
beschließe weiterhin, diese freudige Nachricht
auch meinem Papa mitzuteilen, stehe auf und
mache mich auf die Suche nach ihm. Auf dieser
Etage ist er nicht, ich muss also nach unten,
obwohl ich hier oben mit der Inspektion noch

gar nicht fertig bin, das muss jetzt warten.
Außerdem nehme ich in diesem Moment wahr, dass
die Treppe noch eine Etage nach oben führt.
Aber auch diese Etage muss warten, eins nach
dem anderen.
Meine Mama steht neben mir und lockt mich
wieder mit den kleinen Keksen nach unten, da
sie merkt, dass ich doch noch ängstlich bin.
Ich vertraue und folge ihr. Das ging ja schon
ganz leicht, das werde ich demnächst auch ohne
Beistand und Kekse schaffen.
Unten finde ich meinen Papa, der schlafend auf
einem der kuschligen Plätze liegt. Ich springe
zu ihm auf die Couch und teile, auch ihm meinen
Entschluss mit, ihn ab sofort Papa zu nennen.
Auch in seinem Fall, tue ich das, indem ich nun
seine Hände und Gesicht abschlecke. Das ist
gerade sehr einfach, da er unter mir auf dem
Rücken liegt und vom Schlaf noch völlig
benommen ist. Ich nutze diese Situation
komplett aus. Man muss doch auch ordentlich
danke sagen. Jetzt muss ich mir noch überlegen,
wie ich den Kleinen nenne, vorerst, bleibt er
mal der Kleine.
Meine Mama setzt sich zu uns, ich sitze in der
Mitte und bin einfach nur glücklich. Ich bin

angekommen.

Vor lauter Begeisterung muss ich
Pippi und gebe dies meinen Eltern zu verstehen,
in dem ich mich vor die Terrassentür stelle und
mit der Pfote an die Tür klopfe. Sie öffnen mir
die Tür und beobachten mich, was ich nun tue.
Ich verrichte mein kleines Geschäft und hoffe,
dass ich mir alles richtig gemerkt habe.
Nachdem die Jubelorgie wieder ausbricht, weiß
ich, dass dies offensichtlich so ist.
Ich kann nur hoffen, dass dieses Gebrüll, jedes
Mal, wenn ich Klein muss, bald aufhört. Was
sollen denn die Nachbarn denken.
Nachdem nun meine Ansprache für meine Eltern
geklärt ist, wäre es schön, wenn ich mir bei
meinem Namen auch endlich sicher wäre.
Ich tippe ganz stark auf Wendy. Zumindest als
mein offizieller Name, da ich diesen am meisten
gehöre. Aber eben nicht nur den, sondern sehr
viele verschiedene Begriffe, bei denen sie mich
auch mit einer Erwartungshaltung anschauen. Ich
versuche mal, mich an ein paar zu erinnern.
„Mädchen", „Püppi", „Hühnchen",
„Struppelienchen", die Liste nimmt kein Ende.
Aus dem Raum, in dem ich bisher mein Futter zu
mir genommen habe, nehme ich Geräusche wahr,

die mich hoffen lassen, dass es Nachschub gibt.
Ich kann auch wirklich noch gut etwas mehr auf
den Rippen gebrauchen. Im Vergleich zu anderen
Artgenossen, die ich beim Spazierengehen
gesehen habe, bin ich entweder viel zu dünn
oder die anderen viel zu dick. Da bei mir an
jeder Ecke die Knochen rausschauen, nehme ich
ersteres an. Hunger habe ich sowieso andauernd,
also an mir solch nicht liegen ein paar Kilo
mehr auf die Waage zu bekommen.
Wie immer ist auf meine Sinne verlass, es gibt
tatsächlich etwas zu Essen. Erst jetzt bemerke
ich, dass es draußen auch schon wieder Dunkel
ist. Die Zeit vergeht, wie im Flug. Ich
schlinge, wie immer alles herunter und hoffe
auf eine Zugabe. Diese wird mir leider
verwehrt. So wird das nichts mit den
zusätzlichen Pfunden, denke ich bei mir. Aber,
dafür geht es mit der Leine wieder nach
draußen, das ist auch ok für mich.
Das Dunkle habe ich ja bereits von drinnen
wahrgenommen. Nun umschließt mich nicht nur
Kälte, sondern auch Nässe. Es regnet in
Strömen. Ein bisschen mulmig ist mir schon,
aber ich habe ja meine Eltern bei mir. Die in
dicke warme Jacken gehüllt sind, selbst auf

ihren Köpfen tragen sie irgendwas. So etwas brauch ich auch, das muss ich ihnen irgendwie noch klar machen. So laufen wir durch den Abend, der Kälte und den Regen.

Wenn man dann erstmal draußen und in Bewegung ist, empfinde ich das alles gar nicht mehr als unangenehm. Im Gegenteil, ich nehme zu dieser Abendstunde noch einmal ganz andere Spuren und Gerüche wahr. So dass ich wieder mal nicht weiß, wo ich zuerst schnüffeln soll. Ich bin so darauf fokussiert, auf alle „gemarkerten" Stellen zu antworten, dass ich fast vergesse, warum wir überhaupt unterwegs sind. Zum Glück erinnern mich meine Eltern daran.

Wir kommen zurück ins Warme. Jetzt erlebe ich schon wieder eine Neuheit, die sich im ersten Augenblick komisch anfühlt. Ich werde von meinem Papa auf den Arm genommen. Ich bin zwar noch

„klein", habe aber doch diese sehr langen Beine. Diese müssen auf dem Arm erstmal sortiert werden. Nach ein bisschen Gewurschtel liege ich nun doch sehr bequem in seinen Armen. Er läuft mit mir durch die Wohnung, so dass ich nochmals eine andere Perspektive bekomme. Auch hier stellt sich wieder dieses warme, schöne

Gefühl ein. Von mir aus, kann er mich die ganze Nacht so durch die Wohnung tragen.

Nachdem er mich leider einige Zeit später wieder auf dem Boden abstellt und ich somit die Nacht nicht auf seinen Armen verbringe, folgt die nächste Überraschung.

Ich kann es überhaupt nicht einordnen, was das jetzt wieder soll. Aber ganz ehrlich, mir ist eigentlich völlig wurscht, was meine Eltern mit mir machen, da es sich im Nachhinein immer als schön, sehr angenehm herausstellt.

Meine Mama zieht mir etwas Blaues über meinen Körper. Es riecht nach dem Kleinen. Meine Vorderbeine stecken in je zwei Löchern, und um die Taille wird ein Knoten gemacht. Ich traue kaum, mich zu bewegen. Ich bin mir nicht sicher, was jetzt von mir erwartet wird. Alle beobachten mich und ich höre immer wieder, „ach wie süß, ach wie niedlich".

Ich versuche mich Richtung Couch zu bewegen und stelle fest, dass es unter diesen Umständen recht gut klappt. Ich bin sogar in der Lage hochzuspringen und mich an einem Ende gemütlich einzurollen. Die Wärme des Blauen und der Geruch lullen mich ein, so dass ich einschlafe. Ich falle in einen, von Träumen begleiteten

Schlaf.

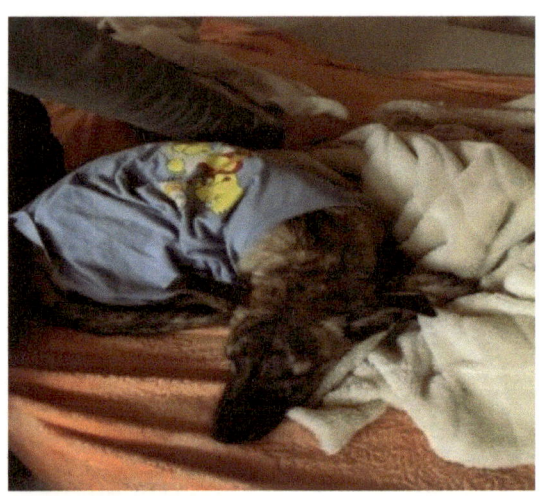

Die Träume sind abermals unangenehm, ich möchte aufwachen, da ich mich wieder auf dem Bauernhof befinde und permanent ums Essen kämpfe. Ich weine vor Wut und Verzweiflung, ich möchte nicht dort sein. In diesen Traum mischt sich allmählich ein leichtes Rütteln. Dieses Rütteln hält an, bis ich im Hier und Jetzt bin und merke, dass mein Papa dieses Rütteln verursacht hat. Ich muss erstmal zu mir kommen und den Traum loswerden.

Durch mein Weinen im Schlaf, hat er sich entschieden mir aus diesem Traum herauszuhelfen. Wieder mal ist er mein Retter in der Nacht.

Mein Papa und ich gehen zusammen in den Garten, ich kann Pippi machen und runterkommen. Wir legen uns zusammen wieder hin und schlafen eng aneinander gekuschelt ein.

Somit brauchen wir zwei am nächsten Tag wieder viele Ruhepausen, um den versäumten Schlaf ein wenig nachzuholen. In der Art und Weise laufen die ersten zwei Wochen ab. Ich bin ihm so dankbar, dass er mich in dieser ersten Zeit so unterstützt und mir durch seine Anwesenheit, vor allem im Dunkeln Sicherheit gibt.

# 1. BESUCH EINER FELLNASE BEI UNS

Bis jetzt ist der Tag gut und schon fast routiniert gelaufen.

Auch kenne ich die Haustürklingel mittlerweile. Dass ich allerdings, wenn sie zum Einsatz kommt, ruhig auf meinem Platz bleibe, klappt natürlich noch nicht. Dafür ist das Geräusch der Klingel und was damit verbunden ist, viel zu aufwühlend. Bisher war es jedoch so, dass auf dieses Klingeln keiner zu uns hereinkam. Meist wurden dann an der Tür ein paar Worte gesprochen und diese im Anschluss wieder geschlossen.

Nun läuft es aber ganz anders ab. Es klingelt an der Tür. Nachdem meine Mama geöffnet und ein paar Worten an der Tür gesprochen hat, betritt jemand unseren Flur. Dort werden allerlei Dinge abgelegt und danach kommt jemand herein. Es handelt sich um einen Zweibeiner und einen Vierbeiner. Habe ich doch von meiner Ecke aus, in der ich dann immer warten muss, wenn es klingelt, richtig vermutet.

Ich bin super aufgeregt und gespannt, wer mich

da besucht, so dass ich beide erstmal genau
inspizieren muss.

Ich widme mich zuerst dem Vierbeiner, ein
Mädchen, genau wie ich. Sie ist sehr ruhig und
strahlt auf mich eine gewisse Ruhe aus, die
sich auf mich zum Teil überträgt.

Sie scheint sich nicht sonderlich für mich zu
interessieren. Läuft immer wieder von mir weg.
Ich frag mich, was sie dann hier will.
Neugierig ist sie allerdings auch, das scheint
bei uns in der Natur der Sache zu liegen. Sie
begutachtet im Erdgeschoss jeden Winkel, ich
bin selbstverständlich hinten dran. Ich
übernehme natürlich die Aufsicht. Wir wollen ja
nicht, dass die Vierbeiner Kollegin irgendwo
rangeht, gar etwas wegnimmt oder verändert.
Apropos wegnimmt, mein Futternapf ist sowieso
leer, ich lasse nie etwas übrig, aber der
Wassernapf ist meist gut gefüllt und steht
allzeit bereit. Dem nähert sie sich nun an. Das
passt mir gar nicht, bei Speis und Trank hört
die Freundschaft bei mir auf. Ich gebe ihr also
relativ freundlich zu verstehen, dass sie da
nicht hingehen, geschweige denn etwas daraus
trinken soll. Sie ignoriert mich, wie bereits
die ganze Zeit und macht weiter Anstalten genau

dies tun zu wollen. Also muss ich deutlicher werden und zeige ihr meine perfekt weißen, wie eine Perlenkette aufgereihten Zähne. Einige davon sind lang und spitz, überwiegend die an den Seiten. Diesen nett gemeinten Hinweis versteht sie und wendet sich nun endlich von meinem Futterplatz ab. Geht doch.

Bei uns Vierbeinern ist das schöne, dass wir mehrere Stufen haben unser Missfallen auszudrücken. In der Regel reicht es bis zu Stufe Zwei zu gehen. Diese läuft immer noch völlig geräuschlos ab und es genügt Gestik und Mimik einzusetzen.

In Stufe eins zeige ich lediglich durch meine Präsenz, dass hier die Grenze ist. Diese Stufe habe ich natürlich auch bei ihr nicht übersprungen, sondern mich ganz demonstrativ vor meinen Futterplatz gestellt. Nur hat sie diese Stufe leider nicht ernstgenommen, so dass die Zweite Stufe zum Einsatz kommen musste.

An dieser Stelle zeigt sich für mich übrigens der Hauptunterschied zu den meisten Zweibeinern. Bei denen werden die Gäste sofort bewirtet, es werden Speisen und Getränke aufgetischt, so dass man dann endlos zusammensitzt und alles gemeinsam verzehrt. So eine Verschwendung.

Zurück zu meinen persönlichen Stufen.

Zu Stufe drei kommen neben dem Einsatz von Gestik und Mimik noch Geräusche, die natürlich zu der gezeigten perfekt sitzenden Zahnreihe passen.

Meist ist es ein tiefes Brummen. Auch diese Stufe musste ich schon öfter einsetzen, hauptsächlich auf dem Auslaufplatz für Vierbeiner. Diese war gottseidank in unseren Besuchsfall nicht nötig.

Auf dem Auslaufplatz geht es auch hier, wie so häufig ums Essen. Meine Mama hat meist ein paar Leckerli einstecken, von denen ich eins bekomme, wenn ich mich besonders gut verhalte. Diese befinden sich in einer Tasche, die sie um ihren Bauch trägt. Der Duft daraus ist atemberaubend. Da nicht nur ich diese feine Nase habe, sondern die meisten Vierbeiner, sammelt sich häufig eine ganze Traube um meine Mama herum. Das kann ich natürlich nicht tolerieren, denn erstens bin ich von Futterneid geplagt und zweitens, gibt es schließlich nur ein Leckerli für besonders tolles Verhalten und nicht, weil man mal eben vorbeikommt und bettelt. Auch hier fahre ich die einzelnen

Stufen ab, indem ich erstmal versuche, alle anderen wegzudrängen. Hierauf reagieren an diesem besonderen Platz allerdings die wenigsten. Stufe Zwei überfliege ich nur andeutungsweise und erst in Stufe drei habe ich den gewünschten Erfolg. Man geht dann einem anderen verführerischen Duft hinterher, der hier gefühlt aus jeder Tasche strömt. Auch ich bin natürlich gegen die anderen Gerüche nicht gefeit und gehe dem nach. Es ist ja möglich, dass bei einem anderen Zweibeiner andere Regeln herrschen und man einfach nur fürs Betteln etwas abbekommt.

Wenn ich mich für eine besonders gut duftende Tasche entschieden habe, muss ich noch ausloten, ob und welche Stufen der dazugehörige Vierbeiner anbringt. Ich habe zu meiner Verwunderung festgestellt, dass einige Fellkollegen nichts dagegen haben, wenn ihre Herrchen ihre Leckerlis auch an andere verteilen. Das verstehe ich überhaupt nicht, aber mir solls recht sein. Denn wie bereits erwähnt bin ich sehr süß und kann meine Gestik und Mimik auch aufs Betteln abstimmen. Dazu ziehe ich meist eine oder beide Augenbrauen nach oben, halte den Kopf leicht schräg und gebe alles in einen tiefen fast erbärmlichen Blick hinein. In der Regel habe ich damit Erfolg.

Zurück zu meinem Besuch. Das andere Mädchen im Fell wird unter anderem Luna gerufen. Auch das ist bei uns Vierbeinern eine unübliche Sitte. Wir stellen einander nicht mit Namen vor, sondern machen einfach in den ersten Sekunden des Kennenlernens eine Rangordnung klar. Wer braucht dafür schon den Namen. Erstens vergesse ich ihn sowieso wieder und Zweitens, wer weiß schon, was der richtige Name ist. Auch in ihrem Fall, wird sie ständig anders genannt. Dieses Schicksal teilen wir zumindest.

Oft schwingt bei mehreren Rufversuchen mit jedem Mal etwas mehr Ungeduld oder bereits Ärger mit, weil wir uns nicht angesprochen fühlen und von daher auch keinen Kontakt zum jeweils Rufenden herstellen. Wer soll denn bei dieser Masse an Namen und Verniedlichungen noch wissen wer wann gemeint ist.

Für mich ist zumindest das Gute, dass ich bei solchen Besuchen entweder bei uns oder auf solchen tollen Vierbeiner Plätzen, auf denen man ohne Leine rennen kann, mitbekomme, dass es überall das Gleiche ist.

Wie bereits erwähnt, tafeln die Zweibeiner auch in diesem Fall verschiedene Getränke und irgendwas Kleines zu essen auf den Tisch.
Dann wird geschnattert und gelacht. Dies wird mit zunehmender Stunde auch immer mehr und lauter.
Wenn wir durchgehend solch einen Radau machen würden, gäbe es direkt wieder Rufe und Ermahnungen mit der Flut von Ansprachen, bei denen sich kaum einer angesprochen fühlt. Aber egal wer gemeint ist, wir dürften uns das nicht in dieser Länge und Lautstärke erlauben.
Ja, es gibt vieler solcher Ungerechtigkeiten, die uns Vierbeinern nicht gegönnt werden, aber die Zweibeiner einfach tun und lassen, was sie wollen.
Ich hätte da direkt noch ein Beispiel, was auch mit dem Tisch und den dazugehörigen Tätigkeiten zu tun hat.
Nehmen wir die Mahlzeiten. Für die Zweibeiner werden hier auf einem Tisch Teller, Gläser, Servietten und sonstiger unnützer Schnickschnack aufgetafelt. Und bei uns. Bei mir ist es so, dass lediglich auf einem erhöhten Bänkchen zwei Schüsseln stehen. In der einen ist Wasser und in der anderen das Futter.

Das Ganze auch nur zwei Mal am Tag. Luna, meine Fellbesucherin erzählt mir, dass sie nicht mal ein Bänkchen hat. Sie muss sich bis zum Boden bücken, was dem Schluckakt nicht gerade zuträglich ist.

Die Zweibeiner essen und trinken rund um die Uhr. Wenn wir dann meinen, uns auch an den gedeckten Tisch zu gesellen, um einen Zwischensnack zu ergattern, wird dies abgelehnt. Naja, meistens zumindest. Wenn ich mit meinem Frauchen allein bin und meine Mimik und Gestik entsprechend einsetze, fällt schon hier und da mal etwas runter.

May und ich empfinden das als eine himmelhoch schreiende Ungerechtigkeit. Also liegen wir zwei mit etwas Abstand zueinander auf dem Sofa und tauschen uns über Blicke darüber aus. Denn uns laut zu unterhalten, ist uns ja auch untersagt. Von daher kann man sagen, zum Glück läuft die meiste Kommunikation zwischen uns Vierbeinern eh nonverbal ab.

Der Nachmittag plätschert so dahin, bis der Besuch in Aufbruchsstimmung verfällt. Alle verabschieden sich mit viel und langem Tamtam. Luna und ich werfen uns einen letzten und kurzen Blick zu und dann ist unsere

Verabschiedung auch erledigt. Daran könnten sich die Zweibeiner auch mal ein Beispiel nehmen.

# DER 1. TIERARZTBESUCH

Der nächste Morgen verläuft bereits vertraut ab, zumindest bis zur Rückkehr von der Gassi-Runde. Unterwegs habe ich schon so ein komisches Gefühl, weil die Beiden hinter mir so rumtuscheln.

Normalerweise sprechen sie unterwegs viel mit mir, üben gewisse Sachen mit mir ein oder unterhalten sich einfach in einer normalen Lautstärke. Mein Bauchgefühl soll mich wie immer nicht trügen.

Nach dem Eintreten heb ich direkt meinen ersten Fuß, da diese immer abgewischt werden, wenn wir von draußen reinkommen. Das ist für mich auch ok so. Da ich schließlich alle Schlafplätze nutzen will, brauche ich saubere Füße.

Aber das dicke Ende naht. Die Leine bleibt dran, die Füße nass. Mama und Papa packen irgendwelche Dinge ein und wir verlassen erneut das Haus. Zu meinem großen Schreck steuern wir auf das Auto zu, welches mich hierher ins Paradies gebracht hat. Zu diesem Zeitpunkt werde ich wieder mit den kleinen Keksen ermutigt, man kann auch sagen bestochen, in das Auto einzusteigen. Ich weigere mich, solange es geht. Aber verdammt, mein Appetit ist zu groß, von daher lasse ich mich dadurch wieder beeinflussen und steige mit den Keksen im Maul ein. Nachdem die Kekse verschlungen sind und damit das Knuspern im Kopf verstummt, macht sich erneut Panik breit.

Wo fahren wir hin.

Die Autofahrt ist nur von sehr kurzer Dauer, was mich schon mal ein bisschen beruhigt. Zum Hof wäre es wesentlich weiter gewesen.

Schon beim Aussteigen nehme ich viele gleiche Artgenossen, aber auch andere Tiere wahr. Dieser Geruch vermischt sich mit Stresshormonen, was nun wirklich kein gutes Zeichen ist. Sehen kann ich die Vierbeiner allerdings nicht.

Wir betreten einen Raum, in dem sich bereits einige von meiner Sorte aufhalten. Manche an einer Leine, wie ich, andere im Käfig. Ob große oder kleine Vierbeiner, uns vereint hier die Angst. So lässt man sich gegenseitig in Ruhe und harrt der Dinge, die da kommen.

Wir gehen durch die meist sitzenden Wartenden und suchen uns einen Platz in der Ecke, der in diesem Moment frei wird. Ein sehr kleines Kaliber von, ich vermute Hund, sicher bin ich aber nicht, wird in einen anderen Raum geführt. Er stemmt sich mit seinem kleinen Körper mit aller Kraft, die er hat, dagegen, so dass er rutschend auf seinen kurzen Beinchen, die im 45 Grad Winkel noch vorn stehen in den neuen Raum gezogen werden muss. Ne wirkliche Chance dein Eintritt in den anderen Raum zu vereiteln, hatte er nie.

Meine Eltern schauen mich durchgehen aus einer Art Mitleid und Aufmunterung an. Mit so einem Blick fällt es mir echt schwer, meine Angst im Zaum zu halten.

Eigentlich hofft jeder von uns Vierbeinern, dass er endlich dran ist und damit die Situation hinter sich bringt und auf der anderen Seite, wollen wir es alle so lange wie möglich hinauszögern, der nächste zu sein, da wir ja nicht wissen, was darin vor sich geht und ob wir überhaupt wieder rauskommen oder wie.

Nach gefühlt endloslanger Zeit, kommt wieder Bewegung in die Szenerie. Mit Erschrecken höre ich meinen Namen, diesmal weiß ich genau, dass das mein Name ist und wirklich ich gemeint bin.

Nicht zu reagieren oder sich zu wehren, macht keinen Sinn, das hat mir der traurige Anblick von dem Kleinen eben gezeigt. Wobei ich sicherlich etwas mehr Zeit rausschinden könnte. Also versuche ich ein braver Hund zu sein und mich meinem Schicksal zu ergeben. Ich muss auf eine Waage, auf der angezeigt wird, dass ich tatsächlich schon ordentlich zugelegt habe. Nach dieser Erkenntnis werde auch ich in einen anderen Raum geführt, davon gibt es hier einige.

Hier riecht es noch intensiver nach Stress, Angsthormonen und irgendwie einfach nach Arzt. Der letztere lässt einem automatisch ahnen, was damit verbunden ist. Er riecht irgendwie nach übertriebener Sauberkeit, nach komischen Geräten, die im Schrank, hinter Glastüren und überall herum liegen und den damit verbundenen Tätigkeiten und die verheißen nichts Gutes. Warum lässt man die so offen rumliegen, dass man sie sofort sehen kann. Will man uns fertigmachen.

Ich werde von meinem Papa auf einen Metalltisch gehoben. Papa bleibt gottseidank die ganze Zeit über bei mir. Nun beginnt eine für mich sehr unangenehme Prozedur. Eine mir unbekannte Frau

fasst mich überall an, drückt hier und da und
schaut in alle meine Körperöffnungen. Als ob
das noch nicht genug wäre, bekomme ich in
meinen Hintern auch noch etwas reingeschoben.
Ich bin entsetzt, verhalte mich aber ruhig, da
mein Papa dabei ist. Und der wird schon wissen,
ob das alles so richtig rechtens ist. Nebenbei
spricht man viel über meinen Kopf hinweg,
ausschließlich über mich. Ich kann dem Ganzen
vor lauter Nervosität überhaupt nicht folgen.
Hoffentlich ist es bald vorbei!
Das kalte Ding, eines der Geräte, die wie
bereits erwähnt überall zu sehen sind wird aus
meinem Hinterteil entfernt. Dafür erhalte ich
an einer anderen Stelle eine Spritze, die aber
tatsächlich nicht weh tut. Nach weiterem
Drücken, schauen und wenden meinerseits, werde
ich nach einer gefühlten Ewigkeit endlich
wieder von dem Tisch gehoben.
Ich meine auch, an mir ist alles noch dran und
unverändert. Es ist doch nun hoffentlich
geschafft!
Bevor wir den Raum verlassen, gibt mir die
fremde Frau, die mir das Metallding in den
Hintern gesteckt hat, ein paar Leckerlies.
Diese nehme ich natürlich trotz alledem.

Mit noch kauendem Maul, verlassen wir endlich
diesen komischen Raum.

Im Nachhinein, denke ich, dass es gar nicht so
schlimm war. Wir durchqueren den
Eingangsbereich mit neuen ängstlich
dreinblickenden wartenden Vierbeinern.

Das Auto steht direkt vor der Tür. Diesmal
brauche ich keine zusätzliche Aufmunterung
durch kleine Kekse oder sonstiges, nix wie rein
und hoffentlich ab nach Hause.

Zu Hause angekommen, nach kurzer Fahrt, muss
ich mich nun doch erstmal selbst ausgiebig
untersuchen.

Bevor ich damit starten kann, kommt meine Mama
mit einem enorm großen Leckerli zu mir und lobt
mich über den Klee. So richtig weiß ich nicht
wofür, ich habe doch einfach nur alles
zitternder Welcher über mich ergehen lassen.
Aber egal, einen geschenkten Gaul, schaut man
nicht ins Maul, oder ei war das. Nachdem ich
also das große Guddi verschlungen habe, beginne
ich mit meiner Inspektion an mir selbst. So
rein äußerlich, soweit ich mich überhaupt
überall sehen kann, stelle ich nichts fest.
Alles ist noch dort, wo es hingehört. Die
Stelle, in die die fremde Frau etwas in mich

hineingespritzt hat, untersuche ich genauer. Ich spüre zwar den Einstich noch etwas, aber auch sonst hier keine besonderen Vorkommnisse. Nun wende ich mich meiner Psyche zu und höre tief in mich rein, ob ich von diesem Gang, meine einen Schaden davon getragen zu haben. Ich hatte schon sehr große Angst und meine kompletten Emotionen sind Achterbahn gefahren, aber ich denke, ein Trauma bleibt davon nicht zurück. Nachdem ich mit meiner Untersuchung, sowohl äußerlich als auch innerlich fertig bin, spüre ich, wie müde ich bin. Ich nehme das erstbeste warme, kuschelige Plätzen, atme tief ein und stoße einen wohligen Seufzer aus. Danach falle ich in einen tiefen angenehmen Traum.

# ALLTAG KEHRT EIN


Ich weiß nicht genau, wie viele Tage oder
Wochen seit meiner Ankunft vergangen sind, aber
wir spielen uns langsam alle aufeinander ein.
Die wiederkehrenden Rituale, bezüglich der
Mahlzeiten, des Spazierengehens bis hin zu
meinem blauen Schlafanzug, tun mir gut. Sie
vermittelten mir Sicherheit.
Ich habe auch, wie bei dem Arzt bereits
festgestellt, dank der nur mir gehörenden
Mahlzeiten und der Ruhephasen, einiges an
Gewicht zugelegt. Meine Knochen kann man kaum
noch sehen. Ich fühle mich auch schon viel
kräftiger und damit selbstbewusster.
Ich bin zu jeder Zeit von jemanden umgeben,
Mama, Papa oder der Kleine. Nicht nur das,
sondern ein paar Augen oder Hände ruhen auch
immer auf mir.
Es wird viel gespielt, gelacht und gekuschelt.
Man denkt sich für mich Sachen aus, bei denen
ich ausprobieren und entdecken darf.
Zum Beispiel finde ich die Tage eine große
Kiste, gefüllt mit zusammengeknülltem

Zeitungspapier.

Zugleich kommt aus dieser Kiste auch noch ein leckerer Duft, der mich animiert, in dieser zu suchen und zu kramen. Ich wühle so lange, bis ich das Objekt meiner Begierde finde und allein vernaschen kann.

Da es mittlerweile noch kälter draußen geworden ist, fahren wir mit dem Auto los, um nun endlich auch für mich einen Mantel zu kaufen. Es wird aber auch Zeit.

Wir kommen zu einem Geschäft, welches mir wie mein Zuhause, ebenfalls wie das Paradies erscheint. Was es hier alles gibt, ist unbeschreiblich. Aber zuerst gehen wir zu den Mänteln. Dass es die in verschieden Farben gibt, kann ich noch nachvollziehen, aber hier hängen Größen, bei denen ich mir nicht sicher bin, für welches Tier die sein sollen. Die Kleinsten könnte ich als fußwärmer tragen. Ich probiere also viele verschiedene Mäntel an, kann bei der Anprobe aber kaum noch ruhig stehen bleiben, da hier so tolle Gerüche durch das Geschäft wabern. Schließlich, um es auch abzukürzen, entscheide ich mich für einen Braunen mit kuscheligem Kragen. Dieser kommt meinem natürlichen Teint am nächsten, wirkt nicht aufdringlich und macht aber trotzdem was her. Ich sehe damit natürlich wieder wahnsinnig süß aus. Alle in diesem Geschäft bestätigen mir dies, da ich zu jedem hinlaufe und mir seine Meinung zu meinem neuen Mantel an mir anhören will.

Nachdem dieser Part erledigt ist und mein Ego bis sonst wohin gestreichelt wurde, schlendern wir nun zu den Regalen, von denen ein herrlich duftendes Aroma ausgeht. Das heißt, meine Eltern wollen Schlendern, ich schaffe das aber nicht.

Mein Schritt wird immer schneller.

Mein Geruchssinn dreht in dieser Ecke völlig durch. Und als ob nicht schon alles vollkommen wäre, darf ich mir hier, in dieser wunderbaren Ecke, etwas aussuchen. Oje, ich kann mich gar nicht entscheiden. Ich schnappe mir etwas aus dem untersten Bereich und probiere erstmal. Man kann die Katz ja schließlich nicht im Sack kaufen. Von allem, es zugänglich und offen dargeboten wird, nasche ich etwas. Nun kommt die schwere Wahl der Qual. Nehmen würde ich selbstverständlich alles gern, aber wollen wir mal nicht übertreiben. Also suche ich mir eine noch verpackte große Rolle aus und trage diese zur Kasse.

Auf der einen Seite bedaure ich, dass wir diesen Laden schon wieder verlassen, auf der anderen Seite war es doch höchste Zeit, da ich draußen feststelle, wie nervös und aufgedreht ich bin. Wir gehen zum Auto und ich denke, es ist gar nicht so kalt heute, als ich bemerke, dass ich den Mantel direkt angelassen habe. Das ist mir in der ganzen Aufregung nicht aufgefallen. Nicht nur, dass ich in dem Mantel, wie gesagt besonders bezaubernd aussehe, sondern er hält mich tatsächlich auch noch schön warm. Damit freue ich mich auf kommende Spaziergänge noch mehr.

## DAS 1. MAL ALLEIN ZU HAUSE

Wie ich bereits erwähnte, ist immer jemand um mich herum und hat mich im Blick. Es sind natürlich nicht immer alle gleichzeitig zu Hause, aber das macht nichts, solange ich nicht allein bin. Schöner ist es allerdings schon, wenn alle da sind. Wobei es hat auch den winzigen Nachteil, dass ich mich dann entscheiden muss, zu wem ich zum Streicheln, Schlafen oder Spielen gehe.

Wenn aber doch mal jemand fehlt von meinem Rudel und derjenige nach Hause kommt, stürze ich auf ihn und wir freuen uns, uns wie verrückt, uns endlich wiederzusehen. Es ist eine so große Freude, die seinesgleichen sucht, vor allem von mir.

Es kommt, wie es kommen musste. Vorerst sind Mama und ich noch zu Hause und es scheint seinen gewohnten Ablauf zu nehmen. Auf einmal, ich habe mir gerade ein weiches Plätzchen ausgesucht und will ein Powerschläfchen machen, da bekomme ich mit, dass sie in den kleinen Flur geht und ihre Schuhe anzieht. Wieso ruft

sie denn nicht, wenn wir zusammen spazieren,
gehen wollen. Juhu, dass
heißt, ich kann meinen neuen Mantel anziehen.
Heute werde ich mal den künstlichen Pelzkragen
aufstellen, zur Abwechslung.
Ich laufe nach unten zu ihr, in der Hoffnung,
dass sie mich nun ebenfalls einkleidet. Doch
die Zwischentür ist bereits geschlossen, so
dass ich sie nur noch beobachten kann. Diese
ist aus Glas, so dass das möglich ist. Ich
fasse es nicht. Das kann und darf doch wohl
nicht wahr sein. Was bedeutet denn das jetzt.
Vielleicht macht sie ja wieder ein Spiel mit
mir. Ich setze mich also vor diese Glastür und
warte ab. Ein Gefühl der Vorfreude stellt sich
aber nicht so richtig ein. Sie kommt wieder
rein führt mich auf mein Plätzchen zurück,
streichelt mir über den Kopf, sonst nichts.
Keine Erklärung, was jetzt passiert, ob sie
ohne mich weggeht, wann sie wiederkommt oder ob
gleich jemand anderes nach Hause kommt, nichts.
Sie tätschelt mir abermals den Kopf, dreht sich
um und verlässt nicht nur diesen Raum, sondern
das Haus. Ich höre, wie das Schloss sich
schließt und ihre Schritte sich entfernen.
Jetzt sitze ich hier auf meinem weichen

Plätzchen und weiß nicht, was ich denken, geschweige denn machen soll. Was wird denn jetzt von mir erwartet.

Fest steht, diese Situation passt mir gar nicht. Ich muss erstmal meine Gedanken sortieren und dann in Ruhe überlegen, welches meiner Gefühle die Oberhand gewinnt. Ich spüre da Verzweiflung, Wut, Angst. Ich sitze noch lange so auf meinem Platz, und warte bis sich die Emotionen geeinigt haben, welche nun die intensivste ist. Keine Ahnung, wie lange ich in mich hineinspüre und auf einen Gewinner warte. Plötzlich höre ich Schritte, die sich dem Haus nähern und auch einen Schlüssel, der sich im Schloss dreht. Nun kommen noch mehr Emotionen dazu. Eine Mischung aus Überlegungen von Flucht, Angriff oder Totstellen. Ich will mich gerade für totstellen entscheiden, da steht auch schon mein Frauchen vor mir. Sie jubelt und knuddelt mich, so dass sie mit damit aus meiner Starre reißt. Ich bekomme sogar auch ein Leckerli. Warum, weiß ich wieder mal nicht, aber das ist auch wie üblich egal, ich nehme es immer gern an.

Ok, während ich das Guddi verschlinge, beruhige ich mich so langsam. Ich muss noch mal genau

Revue passieren lassen, was ist gerade geschehen.

Auch habe ich überhaupt keinen zeitlichen Überblick, wie lange ich in meiner Paralyse auf meinem weichen Deckchen saß.

Das Ergebnis meiner Überlegungen läuft darauf hinaus, ob es mir passt oder nicht, dass ich das erste Mal allein zu Hause war.

Im Nachgang würde ich behaupten, dass ich diese Situation hervorragend gemeistert habe.

Und, dass auch diese Situation, wie alle anderen neuen bisher, gar nicht so schlimm war.

Allerdings sollte ich schnell feststellen, dass das zweite Mal manchmal doch schlimmer ist als das Erste.

Ein paar Stunden, Tage oder Wochen nach diesem Ereignis, ich kann es nicht genau sagen, da ich überhaupt kein Zeitgefühl besitze, kommt es zu einer ähnlichen oder besser gesagt zu genau der gleichen Situation.

Ich bin mit meinem Frauchen wieder mal allein. Wo die anderen sich immer herumtreiben möchte ich eigentlich auch gern mal wissen. Da erlebe ich ein Déjà-vu. Meine Mama geht wieder ohne mich in den Flur, um ihre Schuhe und Jacke anzuziehen.

Ich beobachte sie von meinem Platz aus. Sie
scheint mich völlig vergessen zu haben, kein
streicheln, kein Kuss, kein Abschiedsgruß. Das
ist vielleicht noch der Unterschied an dieser
Wiederholung. Sie verlässt wortlos das Haus.
Auch diesmal höre ich den Schlüssel im Schloss
schließen und die Schritte, die sich vom Haus
entfernen.
Nach diesem Abgang wird mir klar, welche
Emotion die Stärkste ist, Wut. Mit kleinen
Anteilen Angst dabei. Beim letzten Mal haben
diese verschiedenen Bereiche lange miteinander
gerungen, nun ist es ganz eindeutig, Wut.
In diesem Moment wird mir richtig bewusst, ich
bin allein. Es herrscht Totenstille. Und in mir
keimt die vordergründige große Frage auf, was
mache ich jetzt. Ich nutze also die Wut als
Energieträger und lasse mich inspirieren, wozu
ich im Moment vielleicht Lust habe.
Ich schlendere durch das Haus und lasse die
Ruhe auf mich wirken. Ich begebe mich ins
Obergeschoss, die Treppen sind mittlerweile ein
Kinderspiel für mich. Ich pese hoch und runter,
dass mir selbst ganz schwindlig wird.
Nachdem ich also oben bin, muss ich zu meinem
Entsetzen feststellen, dass alle Türen

verschlossen sind. Nun wird der Braten aber
langsam fett. So kehre ich mit noch mehr
Energie im Bauch ins Erdgeschoss zurück und
schaue mich um. Auf dem kleineren Tisch liegen
Taschentücher, hübsch, ordentlich in einer
Hülle verpackt. Das zumindest, soll nicht
länger so bleiben. Irgendwo muss ich mit der
Energie, die mich durchflutet ja hin. Also
mache ich mich ans Werk, ziehe sie vom Tisch
und zerrupfe diese in tausend Stücke. Ich bin
sehr akribische und rupfe zur Sicherheit
nochmal nach. Nachdem das erledigt ist, fühle
ich mich bereits etwas besser. Nun möchte ich
meine Arbeit aber auch noch verteilen, und zwar
im kompletten Erdgeschoss. Es soll ja
schließlich gleich ins Auge fallen, wenn dann
mal jemand wiederkommt. Nach Betrachtung meines
Arrangements, entscheide ich, es muss noch mehr
dazu. Für die komplette untere Etage ist es
einfach zu wenig. Taschentücher finde ich keine
mehr, dafür aber Schuhe. Die tun es natürlich
auch und damit kommt sogar noch etwas Farbe ins
Spiel. Also alles wieder fein zerkleinern und
zum Arrangement hinzufügen. So langsam ergibt
das Ganze ein Bild. Ganz zufrieden bin ich noch
nicht. Was solche Feinarbeiten anbelangt, bin

ich wohl ein Perfektionist. Also weiter geht
die Suche nach schmückenden Dingen, die ich
meiner Präsentation noch hinzufügen kann. Ich
stöbere in einer großen Papiertüte in der Küche
mit Zeitungen darin. Diese finde ich perfekt,
da sie sich auch gut zerkleinern lassen. Somit
nehme ich mir die Papiertüte, samt Inhalt vor
und zerkleinere alles ganz fein. Ich finde zur
Belohnung ganz unten in der Tüte sogar noch ein
Leckerli. Nun bin ich davon überzeugt, alles
richtig zu machen. Ich rechne daher auch mit
einem großen Lob, von den Heimkehrern.
Hoffentlich habe ich noch etwas Zeit, ich will
gleich alles noch mal checken, ob die
Verteilung gut ist und die Menge ausreicht.
Wie aufs Stichwort höre ich Schritte und den
Schlüssel im Schloss. Mist, für einen
Kontrollgang reicht die Zeit nun leider nicht
mehr. Aber ich bin zuversichtlich, dass es
passen und gefallen wird.
Ich renne zu der Glastür im Flur und schaue,
wer da nach Hause kommt und somit meine
Überraschung als erstes sieht. Ich möchte
schließlich das freudig-überraschte Gesicht und
auch den begeisternden Jubel nicht verpassen,
wenn derjenige meine Verschönerung vorfindet.

Ist sicherlich den anderen, die später kommen unfair gegenüber, aber was treiben sie sich auch dauernd draußen rum. Es ist meine Mama, die die große Nummer als Erstes bewundern darf, darauf habe ich auch heimlich gehofft.

Sie betritt den Wohnraum und bleibt stehen. Ich habe schon den Eindruck, dass sie sich totstellen will, aber warum. Ich nehme von nirgends eine Gefahr wahr, die das erforderlich machen würde.

Sie steht gefühlt ewig so da und schaut einfach nur. Die Augen sind riesig groß und der Mund steht weit offen. Ein Jubel ist daraus allerdings noch nicht zu vernehmen. Ich höre hörte nichts.

Es ist fast so, wie vorhin, als ich allein war und es mucksmäuschenstill war. So langsam macht sich in mir eine Ahnung breit. Ich glaube, in ihr kämpfen auch gerade die Emotionen. Ich bin gespannt, welche bei ihr die Oberhand gewinnt. Obwohl, eigentlich muss es ja völlig klar sein, es kann nur die pure Freude und Begeisterung sein.

Tatsächlich kommt so langsam wieder Farbe und Bewegung in meine Mama.

Nur verläuft es komplett anders, als ich es mir

vorgestellt habe.

Bei ihrer Reaktion fehlt der Jubel das Streicheln und die Leckerlis für gutes Benehmen.

Sie bleibt zwar nach wie vor stumm, aber zumindest haben sich die Augen wieder etwas verkleinert und der Mund hat sich geschlossen. Und, was ja das Allerschlimmste ist, sie beachtet mich nullkommanull. Sie beachtet nur meine Überraschung, der sie sich aber anders widmet als von mir gedacht.

Sie sammelt meine liebevoll verteilte Deko ein und schmeißt alles weg. Dabei sagt sie ständig nur, „Nein" und „Pfui".

Ich suche mir völlig bedröppelt einen Platz und rolle mich ein. Ich weiß nun gar nicht, ob ich sauer auf ihr Verhalten sein soll oder ob ich mich schämen soll. Das Wort „nein" bekomme ich immer nur zu hören, wenn ich einen Fehler mache oder Dinge tue, die ich lassen soll.

Da sie mich immer noch komplett ignoriert, nehme ich an, ich habe einen großen Fehler gemacht.

Mich derart lange mit Nichtachtung zu strafen, ist noch nie passiert, also muss ich wohl den Vogel abgeschossen haben. OK, bis hierher habe

ich es mittlerweile verstanden. Aber bei
welcher Aktion oder Sache liegt genau der große
Fehler.
War meine Anordnung nicht schön genug, hätte
ich die Taschentücher oder die Zeitungen nicht
so klein machen dürfen, ich weiß es nicht. Ich
brauche dazu erst ein paar Informationen. Um
diese eventuell zu erhalten, rolle ich mich im
Wohnzimmer auf der Couch ein.
Aber nicht, weil ich schlafen will, sondern
weil ich mein Frauchen heimlich aus kleinen
Augenschlitzen beobachten möchte. Ich bekomme
immer mehr den Eindruck, dass sie richtig sauer
ist. Wieder drehe ich die gedanklich Schleife,
was hat ihr nicht gefallen. War die Anordnung
nicht schön? Hat sie sich mehr Farbe und noch
mehr Abwechslung gewünscht. Ich muss weiter
beobachten.
Mittlerweile ist sie auch fertig und hat mein
Arrangement komplett entsorgt. Das spricht ja
eigentlich für sich. Sonst hätte sie es ja für
die anderen so gelassen. Nach getaner
Vernichtungsarbeit bleibt sie stehen, stemmt
die Hände in die Hüften und fängt an zu
lächeln. Ich sehe es durch meine fast
geschlossenen Augen ganz genau.

Nach einer für mich gefühlten Ewigkeit, kommt
sie endlich zu mir und nimmt mich in den Arm.
Sie redet auch gottseidank wieder mit mir. Sie
murmelt vor sich hin oder auf mich ein. Was sie
sagt, ist mit momentan auch völlig wurscht,
Hauptsache sie tut es und auch der Klang ihrer
Stimme reicht für mich aus, um zu wissen, dass
sie nicht mehr sauer auf mich ist.
Dann dringen doch ein paar Wortfetzen in mein
Ohr und zum Gehirn. Sie sagt, dass ich dies
nicht mehr machen dürfe. Das ich dann kein
guter Hund sei.
Ich will alles andere, nur nicht das. Ich will
der liebste Hund der Welt sein.
Nun handele ich instinktiv, mache mich süß,
drehe und wende mich, streichele ihre Hand. Sie
legt sich zu mir und streichelt mich wiederum.
So beieinander liegen wir eine ganze Weile und
genießen die Nähe des anderen. Ich begreife,
dass solche Überraschungen nicht gewünscht
sind. Gut, dann muss ich mir eben für das
nächste Mal etwas anderes überlegen.

# MIT ZUR ARBEIT

Der Morgen beginnt, wie üblich. Fast alle sind schon aus dem Haus, außer meine Mama und ich. Auch sie steuert den Flur. Ich weiß ja mittlerweile, was jetzt kommt. Ich werde auf unbestimmte Zeit allein sein. Schmücken und dekorieren sind tabu, das habe ich begriffen. Also bin ich gedanklich schon dabei, mir etwas Neues zu überlegen, wie ich für eine perfekte Überraschung sorgen kann.

Doch plötzlich, sie steht schon mit Schuhen an ihren Füßen, aber noch ohne Jacke im Flur, da ruft sie mich. Das passt mir jetzt nicht, da ich mich bereits in einem kreativen Denkprozess befinde.

Als ich widerwillig zu ihr trotte, denn mir ist klar zwei Spaziergänge hintereinander, ist Quatsch, beginnt sie auch mich anzuziehen. Hat sie vergessen, dass wir bereits draußen waren und ich auch alle Geschäfte erledigt hatte. Aber gut, mir solls recht sein, denke ich später über weitere Überraschungen nach, ich gehe gern raus.

Wir kommen nicht weit, da wir direkt auf das
Auto zusteuern und ich einsteigen soll.
Ich hoffe nur, wir fahren nicht zu meinem Arzt.
Trotz des Leckerlis im Anschluss und auch, dass
es nie wirklich dolle wehtut, ist es mir immer
sehr unangenehm, dass überall geguckt und
gegrabscht wird. Keine Stelle ist Tabu.
Vielleicht bin ich damit auch einfach zu
schinant.
Wir fahren Richtung Arzt. Es wird aber dessen
Höhe kein Parkplatz gesucht, wir fahren noch
eine Weile und steigen schließlich unterirdisch
aus.
Hier hallt es auch so komisch. Ob ich hier mal
belle. Hört sich bestimmt gut an. Es geht durch
viele Türen und auch Treppen hinauf, bis ich
endlich das Tageslicht wieder wahrnehme. Weiter
geht's zu Fuß. Nun bleiben wir abermals vor
einer verschlossenen Tür stehen. Zu dieser hat
mein Frauchen aber einen passenden Schlüssel.
Wir treten ein. Sie stellt mir erstmal einen
Napf mit Wasser hin. Dazu bereitet sie mir in
der hintersten Ecke einen Platz mit einer Decke
vor, auf welcher ich Platz machen soll. Na, so
schnell schießen die Preußen nicht, ich muss
alles erstmal inspizieren. Wo bin ich hier

überhaupt.

Und vor allem, was soll ich hier, dazu noch in der hintersten Ecke.

Irgendwie passt mir die ganze Situation ganz und gar nicht.

Hier riecht es auch komisch nach sehr vielen verschiedenen Menschen und Tieren. Also, ich lass mich erstmal nicht aus der Ruhe bringen und schnüffle mich systematisch vorwärts. Das klappt schon mal nicht, da ich merke, dass mein Frauchen vergessen hat, mir die Leine abzumachen. Sie hat sie aus Versehen in der Nähe meiner Decke über einen Haken geworfen und dort hängt sie nun fest. Ich lote mal meinen erreichbaren Umkreis aus. Das ist nicht viel, die Leine muss weg. Wieso bemerkt sie denn ihren Fehler nicht. Sie hat inzwischen ihre Jacke, ebenfalls über einen Haken gehangen und macht sich nun ein einer Maschine zu schaffen. Aus dieser höre ich in diesem Moment, ein Gegurgel und Gespucke, mit dem Ergebnis, dass eklige braune Flüssigkeit heraustropft.

Ich versuche Blickkontakt zu ihr herzustellen, um auf meine Misere aufmerksam zu machen, aber sie kruscht, kramt und sortiert irgendetwas. Naja, ich versuche mich zu gedulden bleibe

erstmal auf meiner Decke, in der Ecke liegen
und wartete ab, was sich tut.

Nachdem ich hier in der hintersten Ecke
genügend Zeit habe, über diese neue Situation
und deren Sinn nachzudenken, drängen sich mir
beim Ausharren zwei möglich Szenarien auf,
warum ich mit hierher musste. Erstens, damit
ich nicht wieder die Wohnung nach meinem
Ermessen dekoriere. Hat sie so wenig Vertrauen
zu mir. Ich hätte doch nie die gleiche Nummer
zweimal gemacht. Das wäre dann ja auch keine
Überraschung mehr. Zudem habe ich verstanden,
dass sie es nicht schön fand. Diesmal wäre es
natürlich ein anderes Meisterwerk geworden.
Aber ich bin zuversichtlich, dass diese
Gelegenheit nochmal kommt. Ich kann ja auch
hier überlegen, was und wie ich demnächst tätig
werde.

Und Zweitens, vielleicht soll ich auf sie
aufpassen, sie wäre hier ohne mich ja ganz
allein. Ich muss die Situation weiter
beobachten. Dies tue ich am besten wieder so,
dass ich mich schlafend stelle, aber aus
kleinen Augenschlitzen alles wahrnehmen kann.
Mama sitz nun an einem Tisch und starrt in eine
andere Maschine, ich sehe darauf nur Geflimmer.

Daneben hat sie sich tatsächlich diese braune
Brühe gestellt und trinkt sogar davon.
Ich gehe davon aus, dass sie sich also immer
hier aufhält, wenn sie nicht zu Hause ist.
Was ich gut finde, dass wir hier unsere Ruhe
haben und ich somit nicht unnötig gestört
werde. Es gab schon Schlimmeres.
Die Ruhe ist allerdings nur von kurzer Dauer.
Die Tür öffnet sich und jemand Fremdes steckt
den Kopf herein. Nicht nur das, der Zweibeiner
kommt einfach herein. Es fliegen ein paar Worte
hin und her, da nimmt diese Fremde auch bereits
bei meiner Mama am Tisch Platz. Das kann ich ja
nun unmöglich zulassen.
In diesem Moment fällt mir zweitens ein und ich
gehe meiner Aufgabe gewissenhaft nach.
Also gebe ich alles, um ihren Erwartungen
gerecht zu werden. Auch nutze ich in meinem
schon erklärtem Stufensystem, direkt die Stufe
Zwei.
Stufe eins muss ich sowieso überspringen, da
ich bedingt durch die Leine in der hintersten
Ecke festhänge.
Somit stehe ich auf, zeige meine schönen
geraden weißen, aber auch spitzen Zähne und
mache dazu meine mir möglichen gefährlichsten

Geräusche.

Dazu belle ich auch ordentlich. Sobald die Sicht auf meine Zähne frei ist, passt meine Mimik automatisch perfekt dazu.

Ich habe das häufig genug vor einem Spiegel ausprobiert, dass ich mir meiner Wirkung sehr sicher bin.

Wie zu Anfang bereits erwähnt, ist mein Gebelle laut und wolfsartig, was mir in solchen Momenten sehr dienlich ist.

Mit Mamas Reaktion habe ich jedoch wieder einmal nicht gerechnet. Sie weist mich zurecht und zurück ins „Platz" auf die Decke. Dabei schaut sie mich auch noch total grimmig an. Auch ihre Stimme hat nichts angenehmes Weiches oder leises mehr. Was ist denn jetzt schon wieder? Ich wollte doch nur helfen.

So sitze ich nun völlig verdattert und beschämt auf meinem Platz und beobachte die Situation mit dem fremden Zweibeiner. Sie ist mir unsympathisch. Sie kommt einfach rein, weder begrüßt sie mich, geschweige denn, hat sie ein Leckerchen für mich dabei. Außerdem redet sie die ganze Zeit auf meine Mama ein, so dass für mich kein Blick und kein Wort abfällt.

Manchmal ist einfach alles so ungerecht. Da

will man helfen oder einfach nur hübsch
dekorieren und was passiert, man wird dafür
beschimpft oder ignoriert und beides ist
richtig schlimm. So schnell gebe ich aber nicht
auf. Also fange ich, erst ganz leise dann immer
lauter werdend wieder an, vor mich
hinzugrummeln. Mein „Platz" ist automatisch in
„Sitz "übergegangen. Wiederholt tadelt meine
Mama mich. Die Fremde macht weiterhin keine
Anstalten nun endlich unseren Raum zu
verlassen. Also, hier gefällt es mir nun
endgültig nicht. Ich will nach Hause oder
zumindest, dass die fremde Frau endlich geht.
Diese ganze furchtbare Szenerie wiederholt sich
an diesem Tag mehrfach. Ich bin sowas von
genervt und ich glaube, nicht nur ich.
Wir verlassen endlich, aber relativ wortarm den
Raum, schließen ab und fahren in meinen
sicheren Hafen zurück, nach Hause.
Ich hatte zwar eigentlich den ganzen Tag in
meiner Ecke außer Aufpassen nichts zu tun, bin
aber fix und fertig. Ich will nur noch essen
und schlafen. Meine Energie ist komplett
aufgebraucht. Auch meine Mama wirkt völlig
ausgelaugt, ich höre auch sie zeitig ins Bett
gehen.

Die nächsten Tage wiederholt sich diese Prozedur. Mein Verhalten kann ich in diesem Raum aber nicht abstellen, so dass eine Veränderung hermuss und diese auch nicht lange auf sich warten lässt.

## „KINDERGARTEN"

An diesem Morgen im Dezember, ich bin überhaupt
noch nicht wach, geschweige denn ausgeschlafen,
nehme ich sehr früh Hantiererei an meinem
Futternapf wahr. Ich schleppe mich nach unten,
um zu sehen was hier los ist. Siehe da, mein
Frühstück ist serviert. OK, dann frühstücke
eben erstmal. Danach werde ich mir noch mal ein
neues Plätzchen zum Weiterschlafen suchen. Zum
Wachbleiben oder gar schon rausgehen, ist es
viel zu zeitig.
Alle essen und trinken etwas. Um diese Uhrzeit
ist das sehr ungewöhnlich.
Wollen heute alle in der Früh mit mir spazieren
gehen.
Da ich generell ein lieber Hund bin und vor
allem niemanden enttäuschen will, freunde ich
mich mit dem Gedanken gleich rauszugehen an.
Es kommt, wie gedacht. Nach dem Frühstück
ziehen alle ihre Utensilien an und ich bekomme
meine angezogen und wir verlassen gemeinsam das
Haus. Der Kleine bleibt an einer Stelle an der
Straße zurück, an der auch viele andere

Zweibeiner stehen. Anscheinend warten die dort gemeinsam auf etwas. Wir winken uns noch zu und gehen weiter.

Wir schlagen einen Weg ein, in eine mir noch unbekannte Richtung.

Schließlich bleiben wir, fast mitten im Wald, vor einer Art Bauernhof stehen. Mir rutscht das Herz bis sonst wohin. Soweit ich das von hier überblicken kann, ist es ein sehr großer Garten. Nicht nur das Umfeld erinnert mich an den damaligen Bauernhof, nein, auch Hundegebell ist zu hören. Ich höre Gebell von mindesten fünf Hunden, wenn nicht mehr.

Ich habe zwar gerade ein Déjà-vu, aber die Atmosphäre ist irgendwie eine andere. Da ich mir mittlerweile sicher bin, dass meine Eltern mich niemals zurückgeben würden, auch weil das Umtauschrecht sicher lange abgelaufen ist, macht sich Hoffnung breit, dass dies ein toller Tag wird. Ich will da jetzt unbedingt hinein. Zumal es weder nach Angst, sondern nach Spaß und leckeren Futter riecht. Ein netter Zweibeiner öffnet uns und widmete sich sofort mir, indem ich gestreichelt werde. Das ist schon mal der richtige Ansatz.

Aus jeder Richtung kommt nun gefühlt Gebell.

ich sehe nur keinen von denen, die das Verursachen. Meine Eltern sprechen vertraut mit dem mir fremden, aber sympathischen Zweibeiner. Es wird etwas geschwatzt und gelacht. Der nette Zweibeiner nimmt mich und führt mich nach oben, von wo aus ich die anderen mit Fell immer lauter hören kann. Wir wollen reingehen, kommen aber an der aufdringlichen Meute kaum vorbei. Sie begrüßen mich überschwänglich, was mir ehrlich gesagt zu viel des Guten ist. Der Zweibeiner spricht ein paar klare Worte zu den ganzen Fellnasen, so dass ich erstmal Platz und Luft bekomme und mich etwas umsehen kann.

Es ist großartig hier. Ich sehe viele Liegestellen, weich unterpolstert, das ist wichtig.

Über einen Zugang nach draußen springen die anderen rein und raus, anscheinend, wie sie wollen. Sie kommen von draußen herein und bekommen nicht mal die Füße abgewischt, das ist toll. Also, tue ich gar nicht lange rum, sondern schließe mich meinen Fellkollegen an und renne hinterher nach draußen.

Von hier oben führt eine Treppe nach unten, was für mich ja kein Problem darstellt. Gottseidank ist mir dieses Konstrukt schon bekannt. Da hätte ich mich ja richtig zum Gespött gemacht, wenn ich mich nicht getraut hätte auf diesem Ding nach unten zu rennen. Wir toben und pesen in dem Garten umher, bis selbst ich eine kurze Pause machen muss.

In dem Moment fallen mir meine Eltern ein, wo sind die eigentlich abgeblieben.

Während ich noch darüber nachdenke, entdecke ich auf einmal einen Pool, mit Steg. Das ist ja der Wahnsinn. Ich liebe Wasser. Der Steg war sicher dafür da, um viel Anlauf nehmen zu können. Na klar, für was sonst.

Es ist zwar ordentlich kalt, was mich aber nicht daran hindert, natürlich auch noch mit meinem Mantel an und mit viel Anlauf in diesen herrlichen Pool zu springen. Nachdem ich den Anfang gemacht habe, nehmen noch ein paar andere Vierbeiner an dieser Pool-Party teil, was für ein Spaß.

Dieser bisher freundliche Zweibeiner kommt herbeigelaufen und holt uns mit viel Gezeter und Geschrei schließlich aus dem Paradies. Wir schüttelten uns, laufen, wälzen uns auf dem Boden, in der Hoffnung, dass uns etwas wärmer wird. Jetzt nehmen wir die kalten Temperaturen so richtig wahr. Der nette Zweibeiner, ich

nenne sie ab jetzt Tagesmutter, lotst uns ins
Haus und verschließt hinter uns die Ausgänge.
Ok, da der Spaß anscheinend erstmal vorüber ist
und jeder friert, wie verrückt, sehen erstmal
jeder zu, trocken zu werden und vor allem, noch
ein trockenes Plätzchen, oben bei den weichen
Decken für sich zu sichern. Nun bekomme ich
auch den Mantel ausgezogen, oje, den habe ich
völlig vergessen. Es tropft und trieft an allen
Ecken.
Zudem sieht es aus, wie sau. Ein trockenes
Plätzchen zu finden, ist unmöglich.
Die Tagesmutter rotiert, wischt und sammelt
nasse schmutzige Sachen auf und legt uns
natürlich trocken Decken hin. Auf denen
kuscheln wir uns zusammen. Es ist so
gemütlicher, aber vor allem wärmer.
Wir wollen uns alle nur noch ausruhen und warm
werden.
Als wir endlich alle liegen, wirbelt die
Tagesmutter weiter um uns herum und versucht
der riesigen Schweinerei Herr zu werden, die
wir veranstaltet haben. Trotz, dass sie schon
eine Weile wirbelt, hat man das Gefühl, alles
bleibt klitschnass und dreckverschmiert. Sie
schimpft nicht mit uns, murmelt aber vor sich

hin, dass sie uns doch gesagt habe, um diese Jahreszeit, könne der Pool nicht benutzt werden. Daran kann ich mich bei aller Liebe nicht erinnern.

Sicherlich war ich bei dieser Ansprache nicht dabei. Somit bin ich aus dem Schneider. Also rolle ich mich zusammen und döse leicht vor mich hin. Sicherheitshalber behalte ich die anderen aber im Auge, wir kennen uns schließlich noch nicht so lange.

Ich muss gerade etwas eingeschlafen sein, da höre ich meine Eltern. Ach ja, da war doch was. Wo waren die nur die ganze Zeit. Egal, ich freue mich sie zu hören und renne zur Tür, um sie gebührend in Empfang zu nehmen und von den ganzen tollen Erlebnissen zu berichten. Auch die anderen springen sofort auf, bis auf den einen Dicken.

Der hat auch bei der Toberei nicht so mitgemacht, er scheint schon älter zu sein. Auch diesmal sorgt die Tagesmutter dafür, die Tür freizubekommen.

Meine Eltern betreten den schon vorgereinigten Raum. Sofort fällt ihnen das Offensichtliche auf. Sie erkundigen sich natürlich, warum ich oder besser gesagt, die meisten von uns völlig nass sind. Über die zusätzliche Schweinerei im Raum verlieren sie keinen Ton.

Die Tagesmutter berichtet ausführlich und betitelt mich als Anführerin. Da sie aber alle ein Schmunzeln im Gesicht haben, gehe ich davon aus, dass dies kein Drama ist oder wird. Ich werde angeleint, den nassen Mantel ziehen sie mir gottseidank nicht über und wir gehen zügig nach Hause.

Dort angekommen, werde ich erstmal richtig abgetrocknet und natürlich sind die Füße auch ausgiebig dran. Die ganze Prozedur dauert ewig. Endlich kann ich mich zurückziehen und ein langes ausgiebiges Schläfchen machen.

Zu dieser Tagesmutter gehe ich nun regelmäßig, juhu.

# BESUCH BEI LUNA

Im Nachmittagsbereich, nachdem der bisherige
Tag mal „normal" abgelaufen ist, sprich mein
Frauchen auf mich ein und bittet mich, mit in
den Flur zum Anziehen zu kommen.
Nur mal nebenbei bemerkt, ständige
Veränderungen sind mir ein Kraus. Ich weiß,
dass das ab und zu dazu gehört, aber bitte
nicht täglich. Ich entnehme aus dem Redeschwall
meiner Mama, den sie übrigens sehr häufig über
mir ausschüttet, die Wörter Besuch und Luna.
Das reicht mir, um mich zu freuen. Also wackele
ich schwanzwedelnd zu ihr, lasse mir meine
ganzen Utensilien anlegen und los geht's.
Seit meinem 16 Stunden Ausflug ist einiges dazu
gekommen, was ich nun mit mir am Hals
rumschleppen muss. Ich trage jetzt zusätzlich
zu meinem bisherigem Brustgeschirr und dem
Band, an dem die Marke baumelt, auch noch eine
extra Leine am Hals. An dieser Leine um meinem
Hals wird nun zusätzlich ein Ding befestigt,
bei dem mein Frauchen vorher immer irgendwelche
Knöpfe drückt, bis da etwas blinkt.

Ich denke, das bräuchte ich alles nicht, da ich wirklich kein Interesse habe nochmals bei Kälte und strömenden Regen, auf mich allein gestellt, mich draußen herumzutreiben. So lange, wie sie beim Rausgehen mit mir ein Stück Käse, Wurst oder Ei in der Tasche haben, bin ich völlig darauf fokussiert und laufe brav bei Fuß.

Ich bin also gestriegelt und fertig angezogen, so dass wir das Haus verlassen und zum Auto gehen.

Ich mag diese Schaukelkiste mittlerweile sehr. Man hat mir hier ein wirklich kuscheliges Plätzchen, mit vielen Decken hergerichtet. Die Gemütlichkeit und das Schuckeln, während wir uns bewegen, sind einfach super und beruhigen mich sehr. Meist ist das Ziel dieser Fortbewegung extra für mich gemacht. Bis auf den Tierarztbesuch bin ich mit den Ideen und Zielen meist zufrieden. Nun weiß ich, es geht zu Luna, die ich ja bereits kenne und für mich eine sehr angenehme und ruhige Freundin ist. Als wir bei ihr ankommen, höre bereits noch in dem Schuckelkasten, ein lautes aufgeregtes Gebell. Ich höre Luna heraus, aber wem gehört das andere Organ, welches sich fast überschlägt. Wohnen da etwa noch mehr von uns.

Und hängt das Gebell mit meiner Ankunft
zusammen.
Wir steigen aus und genau hinter dem Zaun
befinden sich Luna und der andere Schreihals.
Nun bin ich auch aufgeregt und belle mit.
Wir brauchen gar nicht klingeln, da uns bereits
die ganze Nachbarschaft gehört hat. Es wird uns
Einlass gewährt. Wir kommen direkt durch ein
Tor in den Garten.
Luna und ich halten unsere Begrüßung kurz,
genau wie wir es bei der letzten Verabschiedung
getan haben.
Nun muss ich mich aber wirklich dem anderen
Vierbeiner widmen, den ich noch nicht kenne.
Luna hat beim letzten Mal, keinen Ton über ihn
verloren. Sie ist ja auch eine sehr Stille.
Es ist ein Junge, der etwas kleiner ist als
ich. Er zeigt sich an mir sehr interessiert.
Das Interesse stößt auf Gegenseitigkeit.
Er ist wie ich, ein richtiger Wirbelwind. Er
rennt, spielt, bellt, alles gleichzeitig.
Ich denke, er ist mein Seelenverwandter, so
fühlt es sich zumindest an. Wir sind nicht zu
beruhigen oder zu bremsen. Wenn der eine auf
irgendwelche Zurufe mit diversen Namen
reagiert, wird er von dem anderen direkt wieder

abgelenkt und animiert und der Spaß geht weiter.

Hier bei Luna und ihrem Mitbewohner kommt erfreulicherweise noch dazu, dass wir viel Platz zum Toben haben und das ganze ohne Leine und dem ganzen Gewirr am Hals.

Wir nutzen für unser Fangenspiel also den für uns ersichtlichen Platz. Es geht durch Büsche und Hecken. Hier und da entdecke ich auch Eingänge in andere Häuser, vor denen auch Zweibeiner sitzen. Auch diese Plätze erkunde ich und renne mit meinem neuen Freund überall rein und raus. Ab und zu bleiben wir bei den Zweibeinern, die an Tischen sitzen, stehen und schauen, ob was abfällt.

Wie aus weiter Ferne nehme ich die Stimmen all dieser Zweibeiner wahr und habe das Gefühl, dass die Stimmen immer ärgerlicher klingen, umso häufiger ich sie höre. Warum ist mir allerdings schleierhaft.

Nachdem wir im wahrsten Sinne des Wortes über Bänke und Tische rennen, verspüre ich auf einmal einen Ruck. Jemand hält mich im Genick fest.

Dieser Jemand ist das Herrchen von Luna und damit sicher auch von meinem neuen

Spielkameraden.

Der ist ja uncool, wieso hält der mich fest,
ich bin gerade mit fangen dran. Auch mein
Freund, der also gerade gejagt wird, wird
festgehalten. Wir werden zu einer Stelle
bugsiert, an der die Zweibeiner natürlich
sitzend an einem Tisch, essen und trinken. An
diesem Tisch sitzt auch meine Mama und die von
Luna. Die Mama von Luna mag ich richtig gern.
Sie lässt mich einfach wild sein, animiert mich
gerade noch dazu, verbietet mir einfach nichts.
Ich darf an ihr hochspringen und vor allem ihre
Frisur zerstören. Bevor ich mit ihr anfange zu
kappeln, sieht ihre Frisur meist gestriegelt
und ordentlich aus. Wenn ich mit ihr fertig
bin, ist davon nichts mehr übrig. All ihre
Haare stehen in sämtlich Richtungen.
Auch ihre Klamotten sind danach völlig
zerwurschtelt. All das ist ihr egal und dafür
liebe ich sie. Ganz anders anscheinend der
männliche Zweibeiner dazu. Der hat mich
schließlich im Genick gepackt, festgehalten und
damit unser schönes Spiel unterbrochen.
Nachdem wir nun erstmal hier am Tisch ausharren
müssen, bekomme ich den Namen meines neuen
Freundes mit, Danny. Was für ein schöner Name.

Ich glaube, ich bin ein bisschen verliebt.
Danny und ich tauschen unter dem Tisch
Blickkontakt aus und signalisieren uns, dass es
mit unserem Spiel gleich weiter geht. Er ist
wirklich ganz nach meinem Geschmack.
Als sich die Zweibeiner alle wieder auf ihre
Getränke und Essen konzentrieren und dabei wild
durcheinander plärren, ist das unsere Chance.
Keiner achtet mehr auf uns und damit beginnt
unser Jagdspiel von vorn.
Diesmal ist es leider nicht von so langer
Dauer. Schnell werden wir abermals am Genick
gepackt und zurück zum Tisch geschleppt.
Und jetzt kommt der Hammer. Ich bekomme die
Leine angelegt und Danny muss vorerst ins Haus.
Die Tür wird zwischen uns geschlossen. Wir sind
beide entsetzt. Wir können uns durch die
Glastür sehen und werfen uns verzweifelte,
schmachtende Blicke zu.
Na, so habe ich mir den Ausflug, der doch für
mich organisiert wurde, nicht vorgestellt.
Ich muss aber gestehen, dass mir die
Zwangspause ganz gut tut. Erst jetzt bemerke
ich, wie ausgepowert und müde ich bin. Danny
scheint es genauso zu gehen, er gibt von
drinnen ebenfalls Ruhe und so rollt sich jeder

auf seiner Seite der Glastür zusammen und ruht
sich aus.

Nun kommt aber in die Zweibeiner Bewegung,
jetzt wo ich mich entspannen und ausruhen will.
Es wird sich an einem Gerät zu schaffen
gemacht, von dem eine nach kurzer Zeit
ungeheure Hitze ausgeht. Als ob das für mich
mit meinem quirligen Wesen nicht schon genug
Unruhe wäre, werden auf dieses heiße Ding nun
auch noch leckerste Sachen gelegt. Der Duft ist
ein Wahnsinn. Zumal ich durch das Getobe mit
Danny auch ordentlich Hunger habe, wie ich mehr
und mehr feststelle.

Wie können denn die Zweibeiner so unsensibel
sein und vor unseren Nasen solche
Köstlichkeiten ausbreiten und dann dabei noch
erwarten, dass wir ruhig und lieb daliegen.
Hier kommt mir mein Frauchen zu Hilfe und füllt
mir einen Napf mit meinem Abendbrot.
Gottseidank, dass hätte ich nicht ausgehalten.
Auch Danny und Luna nehmen in der Küche hinter
der Glastür ihr Abendmahl zu sich.
Mit einem vollen Bauch ist es für mich auch
akzeptabel an der Leine befestigt am Tisch zu
liegen und den Zweibeinern mal wieder beim
Trinken und Essen zuzusehen und vor allem das

laute Gequatsche zu ignorieren.

Nachdem auf dem Tisch kaum noch etwas Essbares vorhanden ist und alle vor sich hin stöhnen, wie satt sie doch sind, geht es schließlich in die letzte Runde, der Verabschiedung.

Luna, Danny und ich tauschen uns aus, ob wir schon einmal das Gefühl hatten vollgefressen zu sein. So dass, wie die Menschen sagen, sie keinen Bissen mehr reinbekämen. Wir verneinen diese Frage einstimmig. Also scheint auch hier ein großer Unterschied zwischen Zwei. -und Vierbeinern zu bestehen.

Wir wissen ja bereits aus unserer Erfahrung, dass wir getrost noch eine ganze Weile liegen bleiben können. Denn wie bereits erwähnt dauert dieses Verabschiedungsritual ewig.

Nun ist es doch soweit und wir verlassen im Dunkeln meinen neu gewonnenen Lieblingsfreund. Zu Hause angekommen, mache ich nicht mehr viel. Ich bin hundemüde und überlege nur noch auf welcher kuschligen Decke ich heute Nacht schlafen möchte. Ich träume natürlich von Danny und unserem Spiel.

# WEIHNACHTEN UND SYLVESTER

Seit ich in meinem neuen zu Hause bin, jagt ein
Ereignis bekanntlich das nächste.
Auch heute lerne ich schon wieder etwas Neues
kennen. Ich nehme also heute früh beim Erwachen
einen neuen, aber sehr aufregenden Geruch wahr,
den ich überhaupt nicht einordnen kann. Dem
muss ich daher sofort nachgehen. Ich renne zur
Terrassentür und kann es kaum abwarten, bis mir
endlich geöffnet wird. Da diese Tür aus Glas
ist, sehe ich schon, woher der unbekannte
Geruch kommt. Ich bin mir nicht sicher, ob ich
noch Schlaf in den Augen habe, aber irgendwie
sehe ich nur noch weiß. Was ist denn entweder
da draußen oder mit meinen Augen los. Endlich
macht mir jemand die Tür auf und ich stürzte
hinaus. Bremse aber abrupt ab, denn… was ist
das.
Mit meinen Augen scheint alles in Ordnung zu
sein, den tatsächlich liegt überall diese weiße
Masse. Ich schnüffele zuerst mal daran und
koste ein wenig. Eigentlich schmeckt es wie
Wasser, sieht aber anders aus. Nachdem ich

feststelle, dass von dieser weißen Masse keine Gefahr ausgeht, gibt es kein Halten mehr. Ich tobe und wälze mich in dem kühlen Nass. Wie gesagt, ich liebe Wasser. Ich stupse mein Gesicht in das Weiß hinein, so dass einiges auf meiner Nase davon liegenbleibt. Meine Eltern stehen an der Tür und lachen. Über diese Überraschung vergesse ich fast mein Frühstück, so begeistert bin ich.

Das bekomme ich nun aber erst einmal.

Als ob dies für mein kleines Gehirn nicht schon genug Aufregung ist, wird nun auch noch ein Baum ins Innere des Hauses getragen. Der riecht auch so gut. Aber was soll das bedeuten, soll ich jetzt doch wieder drinnen Pippi machen und den Baum dafür benutzen. Das mache ich auf keinen Fall, ich mache mir doch nicht ins eigene Nest. Es folgt ein endloses Theater mit diesem Baum. Er wird von einer zur nächsten Stelle geschoben.

Außerdem wird vergeblich versucht, ihn gerade aufzustellen. Was für eine Szenerie. Ich liege mittlerweile gemütlich auf der Couch und beobachte alles, natürlich wieder aus kleinen Schlitzen. Nach einer Ewigkeit steht der Baum sogar einigermaßen gerade und scheint nun auch seinen Platz gefunden zu haben.

Nicht, dass die Chose damit beendet wäre, nein, nun kommt auch noch allerhand Krimskrams an den Baum. Eine ellenlange Lichterkette wird immer wieder mehrfach drumherum geschlungen, wieder abgewickelt und wieder geschlungen, bis man endlich zufrieden mit dem Ergebnis ist. Ich kann gar nicht mehr hinsehen, selbst aus den nur kleinen Augenschlitzen nicht.

Irgendwie ist heute auch so eine besondere Stimmung, irgendwas liegt in der Luft und das ist nicht nur die weiße Masse und der Baum. Nachdem der Baum nun vollhängt und wie verrückt blinkt, dass mir fast schlecht wird beim Hingucken

wird gemeinsam gefrühstückt. Was für sich schon eine Besonderheit darstellt. Meistens ist um diese Zeit der ein oder andere ausgeflogen oder ich bei der Tagesmutter. Heute sind alle zu Hause.

Nach dem Frühstück geht es weiter mit eigenartigen Dingen. Nun werden so komisch bunte Pakete unter den Baum gelegt. Die sehen ein bisschen so aus, wie die, aus denen ich immer die Leckerlies rauskramen darf. Also will ich mich natürlich ans Werk machen, die Pakete öffnen und meine Leckerchen suchen.

Gut, dass mich wieder einer im Auge hat und somit mein Unterfangen verhindern kann. Also harre ich mal wieder der Dinge, die da kommen.

Es dauert nicht lang, wir sitzen mittlerweile alle um den Baum herum, als einer dem anderen so ein buntes Päckchen gibt und dies dann auch sofort von demjenigen aufgerissen wird. Mir wird auch eins von diesen Päckchen zugeschoben. Ich versuche erstmal selbst, ins Innere zu gelangen, was mir leider nicht gelingt, obwohl ich meine Füße und Zähne einsetze. Ich bekomme Unterstützung von dem Kleinen.

Es kommen mehrere Sachen zum Vorschein, nach dem der Kleine mir mein Paket geöffnet hat. Ich interessiere mich aber erstmal nur für die essbaren Dinge. Nachdem ich davon probieren und naschen durfte, wird mir ein Teil über den Kopf gezogen, welches auch aus dieser verpackten Kiste ist. Es schmiegt sich an meinen Körper und lässt mich blitzschnell ins Schwitzen kommen. Alle nicken und lächeln sich zu, außer ich, denn ich schwitze. Nun werde Fotos gemacht, das heißt, ich muss auch noch ruhig sitzen. Dann darf ich das rote Teil endlich wieder ausziehen. Draußen bin ich gern bereit, den sogenannten Pullover anzuziehen, aber hier um den Baum gehe ich kaputt darin.

Spielsachen sind auch dabei, aber ich habe eine solche Reizüberflutung, dass ich mich kurz zurückziehen muss. Ich beobachte also die weitere Szenerie von einem gemütlich weichen Plätzchen aus. Bis alle ihre Päckchen ausgepackt haben vergeht eine ganze Zeit. Was mir allerdings recht ist, denn so kann ich etwas runterkommen.

Nachdem bis jetzt alle noch ihren Schlafanzug anhaben, gehe ich davon aus, dass dies ein ruhiger Tag werden wird, wir alle in unseren Schlafanzügen bleiben, auch ich in meinem Blauen. Aber nein, es kommt anders.

Nachdem sich doch leider alle umgezogen haben, gehen wir nun erstmal ausgiebig spazieren. Ich ziehe natürlich mein neues rotes Geschenk an. Wegen der weißen Masse, an die ich mich draußen erst wieder erinnere, bin ich über den Pullover auch sehr dankbar. Mit der Ankunft des weißen Zeugs ist es nämlich auch merklich kälter geworden.

Es ist herrlich. Wir laufen durch den Wald, alle dick eingepackt. Ich habe den Eindruck, dass durch die weiße Hülle alles ruhiger und irgendwie friedlicher ist. Ich tunkte mein Gesicht, nein meinen ganzen Körper, tief in das kühle Weiß, wälze mich regelrecht darin. Der Rote wird es schon aushalten.

Mit jedem, dem wir heute begegnen, werden ein paar freundliche Worte gewechselt. Auch ich werde in diese Gespräche immer wieder mit einbezogen.

Man staunt über meinen neuen Pullover und gibt dazu so Sprüche ab wie »Da fehlt ja nur noch die Mütze, dann schaut sie aus, wie der Weihnachtsmann.« Wer ist das denn nun wieder. Nachdem wir mehr standen als gegangen sind, schlagen wir den Rückweg ein.

Zu Hause angekommen, nach der üblichen Prozedur des Trocknens und Füße abwischen, suche ich mir einen ruhigen Platz. Ich versuche meine neuen Eindrücke zu verarbeiten.

Während ich so vor mich hindöse, schlafe ich ein. Durch hektisches hin und herrenne im Haus werde ich geweckt. Ich bekomme mit, dass weitere bunte Pakete erstellt und Essensvorbereitungen getroffen werden. Es sind solche Unmengen, dass ich Panik bekomme, wer das alles essen soll. Ich befürchte, das bedeutet, sehr viel Besuch.

Der ganze Tag verläuft so turbulent weiter,
dass ich dadurch auch nicht richtig zur Ruhe
komme.
Wieso nimmt denn hier niemand Rücksicht auf
mich. Nun werde ich langsam echt unruhig, da
sich Herrchen und Frauchen in schicke Klamotten
schmeißen. Das ist hier sonst nicht üblich.
Auch ich komme nicht drum rum und bekomme ein
Tuch um den Hals gebunden.
Nun folgt ein Hin- und Her Gerenne zwischen der
Haustür und dem Auto. Die übrigen bunten Pakete
und das viele Essen werden ins Auto getragen.
Wegen der vielen leckeren Düfte steige ich gern
dazu. Nützen tut es mir aber nichts, da ich an
nichts Essbares rankomme. So nah und doch so
fern.
Während wir auf den Weg irgendwohin sind, spüre
ich, dass mir das heute alles viel zu viel
Trubel ist, ich bin hundemüde. Viel lieber
würde ich zu Hause bleiben. Selbst nach
Kreativen Ideen, als Überraschung, steht mir
heute nicht der Sinn.
Aber kurzum: ich muss anscheinend mit.
Die Fahrt war so kurz, dass wir auch hätten
laufen können.
Es wird irgendwo geklingelt, darauf wird die

Tür geöffnet und eine Riesen-
Begrüßungszeremonie setzt ein. Die Pakete und
das Essen werden reingeschleppt. Ich habe das
Gefühl, ich stehe überall im Weg.
Wir kommen in ein Wohnzimmer, in dem auch ein
Baum steht, nur dass sich unserer hinter dem
verstecken könnte, so groß ist der. Hier blinkt
und glitzert es in einem noch viel größerem
Ausmaß als bei uns. Wenn ich das Geblinke
länger anschaue, bekomme ich noch einen
epileptischen Anfall. Ich schaue
vorsichtshalber erstmal nur durch kleine
Augenschlitze.
Ebenfalls liegen auch hier Päckchen und Paketen
in jeglicher Größe um den Baum herum
ausgebreitet. Dazu noch viele Figürchen und
Tüten, große und kleine, dass ich nicht weiß,
wo ich hintreten soll, zumal ich ja die Augen
zusammenkneifen muss.
In dem Raum steht dazu noch ein überdimensional
großer Tisch mit vielen Stühlen drum herum. Auf
dem Tisch leuchtet und funkelte es noch mehr.
Ich muss für mich eine Ecke finden, in der es
nicht blinkt und ich nicht im Wege rumstehe.
Ich werde neben der Couch so grob fündig. Hier
lege ich mich erstmal hin und gehe wieder in

den Beobachtungsmodus.

Es klingelt und es kommen noch mehr Leute. Auch die sind alle schnieke angezogen. Ich habe ja immerhin mein Tuch um.

Es werden Flaschen geöffnet, bei denen es beim Öffnen fürchterlich knallt. Als ob das nicht schon genug Krach wäre, werden nun auch noch die Gläser zusammengestoßen, dass es in meinen Ohren nur so scheppert.

Ein Geklirr und Gelächter, dazu quatschten alle durcheinander. Ich habe den Eindruck, je mehr sie von den Knallflasche trinken, desto lauter werden die Zweibeiner.

Mit wird an meinen eigens ausgesuchten Platz nun endlich mal eine Decke gebracht und Wasser dazugestellt. Ich dachte schon, man hat mich komplett vergessen. Ich rolle mich hier zusammen und beobachtete das weiter das laute Treiben.

Jetzt setzen sich alle an den Tisch und fangen an zu essen. Hallo, was ist mit mir.

Ich bekomme im Anschluss natürlich auch etwas, sogar von den leckeren Sachen, die ich vom Tisch wahrgenommen habe.

Nun sammeln sich alle, wie wir bereits heute früh, um den Baum und wieder werden reihum die

Pakete ausgepackt, nur diesmal eben nicht im Schlafanzug.

Das dauerte ewig.

Bei dem, was ich so sehe kann, was sich in diesen Päckchen befindet, ist doch auch ganz schöner Plunder dabei. Den Zweibeinern um mich herum scheint es aber zu gefallen. Bei jedem Öffnen ertönt ein ausgiebiges »Ohhhh!« und »Ahhh!«.

Die meisten Geschenke bekommt der Kleine, er ist in dieser Runde der Jüngste, abgesehen von mir. Es wird natürlich weiter nebenbei gegessen, getrunken und viel gequatscht.

Ich bin so müde, dass ich wohl zwischendrin tatsächlich eingeschlafen sein muss. Ich werde irgendwann von meinem Frauchen geweckt und wir ziehen uns an. Ich hoffe nur, dass die Verabschiedungszeremonie schon abgeschlossen ist. Es ist stockdunkel draußen und richtig kalt, als wir endlich nach Hause gehen.

Dort angekommen, such e ich gar nicht lang rum, sondern falle gefühlt an Ort und Stelle um, und schlafe ein. Ich suchte mir schnell einen weichen Platz und schlief augenblicklich ein.

Die nächsten Tage werden sehr gemütlich, fast wie zur Entschädigung. Wir gehen viel spazieren

und bleiben sonst zu Hause. Herrlich.
Somit habe ich genügend Zeit, mich von den
Strapazen zu erholt.
Als hätte ich es heraufbeschworen bricht ein
neuer Tag an, wieder mit dieser komischen
Spannung in der Luft. Die weiße Masse hat
diesmal keinen Anteil daran, davon ist leider
nichts mehr zu sehen.
Bereits bei der Morgenrunde nehme ich
Knallgeräusche wahr. Im ersten Moment denke
ich, es werden wieder diese besonderen Flaschen
geöffnet. Ich kann nicht ausmachen, von wo
diese Geräusche kommen. Nun gesellt sich auch
noch so ein eigenartiger Geruch dazu, irgendwie
wie verbrannt. Wir legen an Tempo zu und
steuern unser Zuhause an. Bis auf die
Knallgeräusche plätschert der Tag so dahin.
Diese Geräusche sind mir zwar unangenehm, doch
sie sind gottseidank weit genug weg, als dass
ich mir Sorgen machen müsste.
Je weiter der Tag ins Land streicht, umso
näher, habe ich das Gefühl, kommen die lauten
Knaller. Nicht nur, dass sie lauter werden, sie
nehmen auch an Häufigkeit zu. Das passt mir
wieder mal gar nicht. Wie kann man das
Abstellen. Wann ist das endlich vorbei.

Wir bleiben für den restlichen Tag zu Hause und hören, für unsere Verhältnisse relativ laut, Musik. Was aber ok ist, denn das übertüncht die Knallerei ein wenig. Ich bin wirklich froh, dass wir nicht mehr rausgehen. Ich hätte keinen von meinen vier Pfoten mehr vor die Tür gesetzt, denn inzwischen ist es durchgehend laut und es knallt in einem fort.

Es geht endlos so weiter. Ich sehe meinem Frauchen an, dass sie auch schon ganz kaputt und müde ist, wie ich. Wir wollen eigentlich nur noch ins Bett und schlafen, was aber durch den Krach nicht möglich ist. Also halten wir durch.

Irgendwann ebbt es ab und wir gehen alle erschöpft ins Bett.

Das neue Jahr beginnt

Am nächsten Morgen, wir sind wie gerädert,
lassen es daher langsam angehen. Nachdem
Frühstück machen wir gemeinsam einen
ausgiebigen Spaziergang.
Es riecht ganz fürchterlich auf der Straße. Es
hängt ein Schwefelgeruch in der Luft, dass es
mir fast den Atem nimmt. Was war hier bloß los.
Wir sehen also zu, dass wir in den Wald kommen
und dort hoffentlich bessere Luft ist.
Nach der langen Runde legen wir uns alle noch
mal hin und schlafen tief, fest und lang.
Ich bin so froh, als ich wach werde, es
herrscht Ruhe. Man kann nur hoffen, dass
endlich Alltag einkehrt.
Das bedeutet auch, dass früh wieder alle das
Haus verlassen, einschließlich mir und ich zur
„Tagesmutter" gehen kann.

# DIE HUNDESCHUE

Es ist bereits Abend, zumindest ist schon dunkel, und wir machen uns, also Papa, Mama und ich, fertig zur letzten Runde. Das weicht schon wieder von der üblichen Routine ab, da die letzte Runde mit mir meistens nur einer macht. Aber mir soll es recht sein. Wir ziehen unsere warmen Sachen an, ich den Roten und verlassen das Haus. Die normale Abendrunde scheint es nicht zu werden, denn wir steigen ins Auto. Ich möchte mal erwähnen, dass ich sehr gern Auto fahre und zum Einsteigen auch keine kleinen Kekse mehr benötige. Das Motorengeräusch und das leichte Geschaukel schläfern mich immer etwas ein. Es hat eine sehr beruhigende Wirkung auf mich.
Wir kommen an einem großen, hell erleuchteten Platz an. Ich nehme sofort andere meiner Artgenossen wahr. Ich bin mal gespannt, was das hier wieder wird.
Wir steigen aus und nähern uns der Arena. Alle Vierbeiner wirken sehr aufgeregt, ich nun auch. Ich werde mit lautem Gebell begrüßt, also

stimme ich mit meiner besonderen Wolfsartigen Belle ein.

Sofort schauen alle, Zwei. -und Vierbeiner, in meine Richtung und verstummen für einen kurzen Moment. Nun habe ich das Gefühl sie tuscheln und lachen über mich. In einer fremden Umgebung, unter fremden Menschen oder Tieren bin ich nach wie vor sehr nervös und ängstlich. Mein Selbstbewusstsein befindet sich gerade im Keller. Es kommen noch mehr Zwei und Vierbeiner an, so dass sich diese unangenehme Situation für mich erstmal auflöst.

Momentan ist jeder noch an seiner Leine und steht, liegt, sitzt mehr oder weniger brav neben seinem Herrchen.

Es tritt eine Frau in die Runde, die scheint hier das Zepter zu schwingen und erlaubt uns, den Fellnasen, auf dem großen hellen Platz ohne Leine zu toben. Das ist perfekt, denn so können wir, im wahrsten Sinne des Wortes miteinander warm werden. Wir rennen und toben miteinander, es hat etwas von dem anderen tollen Platz, auf dem ich auch ohne Leine flitzen darf. Ich finde die mit rennenden Fellkollegen sind schon mal ganz in Ordnung. Keiner spielt sich besonders auf oder versucht alle zu maßregeln.

Wir haben gerade Zweierteams fürs Jagen-Fangen-Spiel gebildet, da ist der Spaß auch schon wieder vorbei. Alle werden von ihrem jeweiligen Besitzer mit echt teilweise komischen Namen gerufen, um zu ihnen zu kommen. Das klappt natürlich nicht auf Anhieb, aber so nach und nach, steht jeder von uns neben seinem dazugehörigen Zweibeiner. Papa hat sich auf eine Bank gesetzt, Mama steht mit mir mitten in der Meute.

Nun sollen wir uns, mit unseren Besitzern im Kreis aufstellen. Auch das dauert natürlich wieder seine Zeit. Der eine hört schon besser oder meist schlechter als der andere von uns. Aus den Manteltaschen der Zweibeiner kommen betörende Düfte. Nachdem endlich einigermaßen Ordnung herrscht und wir tatsächlich sowas wie einen Kreis bilden, soll immer einer mit seinem Herrchen in Schlangenlinie um uns und dem Kreis herum gehen. Wir anderen sollen dabei brav sitzen bleiben und nicht reagieren. Bitte, wie soll das denn gehen. Bei jedem, der gerade an einem vorbeischlängelt, also um uns herumlaufen soll, wird eine große Begrüßungszeremonie veranstaltet. Jeder bellt oder tänzelt mit dem Vorbeilaufenden herum. Wir finden das

eigentlich ganz witzig, nur ist das so wohl
nicht gewollt.

Alle Herrchen reden auf ihren Vierbeiner ein
und betiteln sie dabei mit allerhand weiteren
lustigen Namen. Einer heißt Walter, ein anderer
Fritz, da bin ich mit meiner Namensgebung doch
ganz gut dran.

Dieses Gelaufe im Kreis geht noch eine ganze
Weile, bis es so einigermaßen klappt.

Schließlich lösen wir diese Formation auf und
sollen uns zu einer neuen zusammenfinden.

Dieses Spiel finde ich besser. Wir Hunde
bleiben mit der resoluten Frau am Anfang aus
der Mitte, auf unserer Seite des großen Platzes
stehen und unsere Besitzer müssen zur anderen
Seite wechseln. Auch bei diesem Spiel ist einer
nach dem anderen dran.

Grob soll es so ablaufen, dass wir auf Zurufen
unserer Zweibeiner, so schnell wie möglich,
ohne uns ablenken zu lassen, zu ihnen laufen.

Zum Glück kann ich diesen Vorgang mehrmals vor
mir beobachten, sonst hätte ich den Ablauf
sicher anders gestaltet. Der jeweilige Besitzer
steht mit einer Belohnung in der Hand drüben,
wie gesagt auf der anderen Seite des Platzes
und feuert seinen Vierbeiner natürlich kräftig

an, dass dieser so zügig wie möglich zu ihm
rennt.

Endlich bin ich an der Reihe. Noch hält mich
diese Frau an der Leine fest. Ich sehe mein
Frauchen auf der anderen Seite stehen und auch
hören kann ich sie gut. Sie brüllt aus Leibes
Kräften. Auch sie hat eine Belohnung für mich
dabei und wedelt damit zu dem Gebrüll wild
herum. Ich wackele und winde mich, bis endlich
die Leine losgelassen wird. Ich renne, wie von
der Tachantel gestochen, auf mein rufendes und
springendes Frauchen zu.

Ich schmeiße sie fast um, so einen Schwung habe
ich. Natürlich springe ich an ihr hoch, so sehr
freue ich mich, dass ich die Aufgabe nicht nur
perfekt gemeistert habe, sondern dabei sicher
auch die Schnellste bisher war. Wir sehen nun
beide aus wie Sau. Ich bereits durch das Getobe
am Anfang und sie jetzt durch mein
hochspringen. Macht aber alles nichts, denn wir
beide freuen uns wie verrückt. Ich bekomme
dafür nicht nur ein Leckerchen, sondern drei.
Wir beobachten beide mit stolzer Brust die
restlichen Teilnehmer. Ganz objektiv kann ich
sagen, dass ich definitiv die Schnellste
bleibe. Viele Kollegen von mir kommen gar nicht

erst bei ihrem Zweibeiner an. Manche biegen vorher ab, um irgendwo zu schnüffeln. Andere wiederum rennen zu anderen Besitzern, weil die vielleicht das bessere Leckerli haben. Also kurzum, ich würde sagen, ich habe gewonnen.

Da gehen wir nun auch regelmäßig hin. Meine Eltern sind der Meinung, ich müsste, was das Hören anbelangt, also der sogenannte Rückruf, noch viel üben.

Das soll wohl ein Witz sein, keiner hört so gut wie ich.

Das Hören und Annehmen dessen, was damit verbunden ist, sind zwei verschiedene paar Schuhe. Rein vom Gehör her höre ich sie ausgezeichnet. Manchmal passt es einfach schlecht oder mir überhaupt nicht in den Kram, das Gehörte umzusetzen. Wenn sie mir zum Beispiel beim Spazierengehen sagen, ich soll nicht so zerren, dann höre ich das zwar, bin aber der Meinig, ich zerre nicht, ich laufe eben nur schneller als sie. Sie könnten ja genauso gut, einfach einen Schritt zulegen. Oder aber, wenn ich jemanden begrüßen will, den ich besonders gern mag, dann sagen sie immer „runter". Ich muss aber hoch, da zu einer liebevollen Begrüßung nun mal auch ein Drücker

und Schmatzer gehört. Wenn meine
Lieblingsmenschen also mit ihrem oberen Teil
ihres Körpers nicht zum mir runterkommen, dann
muss ich eben hoch.

Es gibt derer mehrere Gründe, warum aus Sicht
meiner Eltern eine Hundeschule Sinn ergibt.
Wie gesagt, ich soll vor allem den Rückruf
trainieren. Hier gebe ich ihnen aus bereits
gemachten Erklärungen eben nur bedingt Recht.
Es ist schon so, dass es nicht nur auf meine
Stimmung und momentanes Tun ankommt, sondern ab
einem gewissen Punkt nehme ich tatsächlich
nichts mehr wahr. Dann sind all meine Sinne wie
abgeschaltet. Ab so einem Punkt übernimmt
anscheinend ein anderer Teil meines Gehirns die
Führung.

Meist stelle ich dies fest oder besser gesagt,
sehe das erst im Nachhinein so, wenn ich eine
vermeintliche Beute wahrnehme. Das ist dann der
letzte Sinn, den ich noch bewusst spüre. In
mir, das haben wir mittlerweile alle bemerkt,
steckt ein sehr ausgeprägter Jagdinstinkt.
Dafür kann ich aber schließlich nichts, denn
der ist von Menschenhand gemacht und genauso
gewollt.

# 16 STUNDEN „AUSFLUG"

Nachdem der Rückruf und generell die
Hundeschule zu fruchten scheinen, darf ich an
bestimmten Orten ohne Leine gehen. Alles klappt
super. Ich schnüffle hier und dort, darf mir
dabei so lange Zeit lassen, wie ich will und
flitze dann einfach hinterher. Es werden
Stöckchen geworfen, die ich fangen darf und
teilweise zurückbringe. Es ist herrlich, ich
genieße meine neu gewonnene Freiheit.
Meine Eltern gehen auch nie so weit, dass sie
mich oder ich sie nicht mehr sehe.
Wir sind bereits auf dem Weg zurück zum Auto,
als meine Nase ins Spiel kommt. Diese nimmt
einen animalischen Geruch wahr. In meinem Kopf,
im ganzen Körper schaltet alles auf Jagdmodus
um.
Ich sehe und höre nichts mehr. Meine Nase
gepaart mit meinem Instinkt übernehmen die
Führung.
Ich presche los, in die Richtung, in die meine
Nase mich führt. Das sind „Suchspiele" nach
meiner Art, nicht nur in einer Kiste nach

Leckerlis schnüffeln.

Ich bin nicht mehr zu halten und denken kann ich auch nicht mehr. Ich presche durch den Wald, kreuz und quer, immer dem Geruch hinterher.

Ein Zeitgefühl habe ich ja eh nicht so richtig, aber es muss davon viel vergangen sein, da es auf einmal dunkel ist. Zudem schüttet es in Strömen, ich stelle fest, dass ich völlig durchnässt bin. So langsam kann ich wieder denken.

Wo bin ich, wo sind Mama und Papa. Der verlockende Duft ist auch weg.

Ich lausche auf das Prasseln des Regens und ob ich sonst noch etwas bekanntes höre, nichts. Es knackt hier und da im Unterholz, aber meinen Rückruf oder überhaupt ein Rufen nach mir, höre ich nicht.

Ich versuche den Weg zurückzugehen, den ich hier abgerissen habe, das ist aber verdammt schwierig, da ich ordentlich Strecke gemacht habe. Nun setze ich meine Nase dafür bewusst ein und schaffe es tatsächlich den ein oder anderen Ort zu finden, an dem ich vor Stunden mit meinen Eltern spazieren war. Zum Glück habe ich viele Maker gesetzt, an denen kann ich mich gut orientieren. Wenn mir nur nicht so kalt wäre. Auch habe ich mittlerweile einen Bärenhunger. So toll, wie ich die Situation anfangs fand, jetzt will ich nur noch nach Hause. Warum ist denn hier keiner, warum sucht keiner nach mir.

Ich laufe und schnüffele vor mich hin, in der Hoffnung einen Unterstellplatz oder etwas zu Essen zu finden.

Über das Schnüffeln nehme ich auf einmal einen mir vertrauten und angenehmen Geruch war. Es riecht nach meinem blauen Schlafanzug, nach mir, nach dem Kleinen, nach meinem zu Hause. Ich verfolge diese Spur sehr konzentriert. Nun rieche ich auch mein Herrchen, hören kann ich ihn auch. Er ruft nach mir.

Nun kommen mir doch Bedenken. Schimpft er mit mir, muss ich zurück auf den Hof. Ich wäge ab, ob ich dieses Risiko eingehen soll, für immer hier in der Wildnis zu bleiben, im Wald, mit Nässe, Kälte und keiner Garantie einer regelmäßigen Nahrungszufuhr. Oder dem Risiko ausgeschimpft zu werden, gar auf den Hof zurückzumüssen oder doch wieder nach Hause zu dürfen und dort bleiben zu können, warm, satt, trocken. Ich hadere noch eine ganze Weile mit mir und beobachte dabei mein Herrchen. Ich kann seiner Stimme Verzweiflung und auch etwas Wut entnehmen. Auch er ist klitschnass. Ich höre und sehe ihn telefonieren und kann sogar über diese Entfernung die verzweifelte Stimme meiner Mama über das Handy hören.

All diese Dinge, der traurige Anblick meines durchnässten Herrchens, mein eigener erbärmlicher Zustand und die Stimme meiner Mama, lassen mich auf ihn zugehen und ich nehme jegliche Risiken in Kauf.

Er nimmt mich wahr und liebevoll in Empfang. Nach ein paar beruhigenden Worten sehen wir zu, dass wir ins Auto und nach Hause kommen. Er ruft noch von Unterwegs zu Hause an und brüllt nur in den Hörer, „ich habe sie, ich habe sie.“ Und meine Mama brüllt mehrmals zurück, „gottseidank, gottseidank.“

Wir werden bereits an der Haustür mit Umarmungen, viel gottseidank und Handtüchern in Empfang genommen.

Ich werde in trockene Tücher gepackt, gerubbelt und gestreichelt. Nun bekomme ich endlich was zu essen. Ich verschlinge es und falle in einen langen, tiefen Schlaf.

Als ich am nächsten Morgen erwache, tut mir

alles weh. Also bewege ich mich erstmal nicht und lausche. Es ist alles ruhig. Ich stelle meine Ohren auf und vernehme doch leise Geräusche, die wie ein Sägen im Wald klingen. Das ist gut, denn ich weiß, dass diese von meinem Papa kommen, allein sein, wollte ich jetzt nicht.

Es muss schon lange hell sein, denn der Kleine kommt nach Hause und das tut er bekanntermaßen immer erst im Laufe des Tages. Er kommt sofort zu mir und will mich ausgiebig streicheln und knuddeln, aber mir tut alles weh. Ich lasse ihn trotzdem gewähren, denn die Berührungen tun richtig gut.

Ich bin so froh, wieder hier zu sein, hier aufwachen zu dürfen, denn laut meines Traumes saß ich noch, bis auf die Knochen durchnässt, im Unterholz. Nun kommen doch ein wenig Bewegung und Unterhaltung im Haus zustande.

Ich vernehme so Zeitangaben, wie „16 Stundenausflug, die ganze Nacht". Entspricht das der Dauer, in der ich „unterwegs" war.

Wir stehen auf und frühstücken. Wir alle sind wie unter den Bus gekommen. Jeder schlürft und schleicht vor sich hin.

Wir gehen nur eine kleine Runde spazieren, was

mir recht ist, ich will einfach nur weiterschlafen und meine Wunden lecken.

Ein paar Blessuren habe ich schon abbekommen, während ich mich durchs Dickicht und durch Dornen geschlagen habe. Die eingetretenen Dornen wurden mir wohl noch in der Nacht entfernt. Das habe ich aber nicht mehr mitbekommen. Hier und da habe ich auch kleine Abschürfungen und Risse in der Haut. All dies wird jetzt nochmal genauer unter die Lupe, und das meine ich wörtlich, genommen. Es werden Salben und Tinkturen aufgetragen, an einem Fuß sogar ein Verband angebracht und die ca. 40 Zecken entfernt. Nachdem ich nun komplett verarztet bin, kann ich mich endlich zurückziehen und weiterschlafen.

Im Haus wird es schnell still, ich glaube alle legen noch ein Nickerchen ein.

# EINGEZÄUNTER HUNDEAUSLAUF

Nachdem ich, durch meinen „Ausflug" wiederholt bewiesen habe, dass man sich bei mir, bedingt durch meine sehr ausgeprägten Instinkte, nicht auf den Rückruf verlassen kann, geht es nun regelmäßig auf einen eingezäunten Hundeplatz. Dieser ist sehr groß und es sind meistens auch Spielkammeraden da.

Hier kann ich ohne Leine rennen, was das Zeug hält. Das ist auch gut so, denn ich muss mich ab und zu richtig auspowern. Ich strotze vor Energie und jugendlicher Vitalität. Diese muss abgebaut werden, sonst komme ich schlecht zur Ruhe. Leider sind nicht immer Gleichgesinnte, im Sinne von Schnellläufern da. Ich schaue schon genau, mit wem ich toben und rennen will. Wenn sie langsamer oder nicht so robust gebaut sind, macht es mir keinen Spaß. Zwischen den Sprints sollen nämlich auch kleine Kappeleinheiten stattfinden, indem man sich zusammen wälzt und auch ein bisschen zwickt. Dafür sind nicht alle geeignet. Manche quieken und jaulen schon nach dem Warmlaufen, wo es noch nicht mal zum Nahkampf kommt. Naja, meistens habe ich Glück mit der Auswahl. Besonders toll ist es hier, wenn ich meinen besten Kumpel, Danny treffe. Ihr kennt ihn bereits.

Wenn sich unsere Frauchen für den Hundeplatz verabreden und einer schon vorher da ist, bellt der jeweils andere am Platzeingang. Wir nehmen ja schließlich wahr, wer bereits anwesend ist. Das ist heute der Fall. Danny ist bereits da. Ich setze meine besondere Belle ein und renne dabei schon los. Schon von Weitem sehe ich ihn. Auch er rennt bereits in meine Richtung. Wir rennen uns entgegen, wie zwei verliebte am Strand, die Begrüßung ist natürlich ein Riesenspektakel.

Jetzt geben wir uns erstmal unserem Lieblingsspiel hin. Wir fangen uns abwechselnd. Keiner packt uns im Genick oder hält uns sonst irgendwie auf. Herrlich.

Was auch besonders schön an diesem Platz ist, hier gibt es eine Riesenschlammgrube. Wenn es ordentlich geregnet hat, ist sie randvoll und man kann mit einer Arschbombe reinspringen. Ich liebe Wasser, in dem Fall Schlamm.

Oft habe ich aber auch hier Glück, andere

Kameraden zu animieren und mir hinterher zu
springen. So auch heute. Danny ist ja wie ich,
nur Flausen im Kopf, also geht unser Spiel in
und um die Schlammgrube herum weiter. Auch
andere gesellen sich nach und nach dazu.
Natürlich gibt das wieder ein lautes Gezeter
der Herrchen. Alle Besitzer wollen ihre
Vierbeiner daran hindern, da hineinzuspringen.
Dabei ist das doch, das Beste vom ganzen Platz.
Ja, ok, wir sehen wirklich wie kleine
Drecksschweinchen hinterher aus, aber das ist
es wert, das ist das wahre Hundeparadies. In
solchen Momenten des Spaßes gibt es keine
Konkurrenz oder Rumgezicke, vor allem unter den
Weiblichen Fellnasen. Wir sind einfach alle nur
Hunde.
Ich beobachte hier allerdings auch nicht so
schöne Dinge. Manchmal bekommen sich zwei oder
drei von uns ins Fell, äh in die Wolle. Dabei
kann es dann auch ordentlich zur Sache gehen.
Dazu mischen sich dann auch noch die Herrchen
ein. Es entsteht so ein Gebrüll, in einer
Lautstärke, in der keiner mehr den anderen
versteht und es damit die Sache nur noch
schlimmer macht. Hier halte ich mich raus, auf
so ein Theater habe ich keinen Bock, ich bin

schließlich hier, um Spaß zu haben und meine Energien im Positiven abzubauen. Heute bleibt gottseidank alles und jeder friedlich.

Nachdem ich nun echt fertig vom Laufen und von oben bis unten mit Schlamm verschmiert bin, beginnt die Verabschiedungszeremonie zwischen meinem und Dannys Frauchen. Die beiden halten es aber in der Regel auch kurz. Wir machen uns auf den Weg zum Auto. Hier liegen schon Tücher und Lappen bereit, denn so darf ich nicht einsteigen. Diese Prozedur dauert ewig, vor allem ohne Wasser völlig sinnfrei. Zumal ich zu Hause vor der Haustür auch nochmals abgeduscht werde. So auch heute der Verlauf. Die Sonne scheint heute und hat auch bereits eine wärmende Wirkung, so dass ich meinen Pelz durch sie draußen trocknen lassen kann. Wenn dies nicht möglich ist, bekomme ich einen Bademantel übergezogen, den meine Mama extra dafür für mich genäht hat. In dem kann ich gut vor mich hin trocknen, natürlich an einem warmen weichen Plätzchen.

# FRÜHLING/S.-GEFÜHLE

So langsam wird es mit dem Schmuddelwetter
besser. Es blühen die ersten Blümchen und die
Sonne zeigt sich immer öfter und wärmer.
Mir ist auch ganz eigenartig zu mute. Ich kann
es nicht beschreiben, aber ich habe das Gefühl,
ich drehe irgendwie durch. Auch ströme ich
einen mir völlig unbekannten Geruch aus. Allen
Jungs, denen ich begegne, wollen mit mir
spielen. Wobei ich diese Art des Spiels nicht
kenne. Es muss eine Art Huckepackspiel sein.
Komisch ist nur, dass anscheinend ich immer
alle huckepack nehmen soll. Dieses Spiel finde
ich blöd und dass zeige ich auch auf, meist
reicht die Stufe zwei.
Auch ist komisch, dass mir in meinem momentanen
Gefühlschaos der Gedanke an eigene Kinder
kommt. Das ich überlege, wie es wäre und mir
vorstelle, Kinder zu haben. Darüber habe ich
bisher noch nie nachgedacht. Als ob dies nicht
alles schon eigenartig genug wäre, bekomme ich
nun auch noch eine Art Hose angezogen, die ich
im Haus tragen muss. Ich schäme mich zutiefst

damit. Hoffentlich meldet sich kein Besuch an.
Als es mir mit meinen eigenartigen Schwankungen
endlich besser geht und auch die Hose endlich
wegkommt, kommt es noch schlimmer.

Es ist sehr früh, als ich wach werde und
mitbekomme, dass im Haus schon allerlei
Bewegung herrscht. Also schau ich nach, was
denn nun schon wieder ansteht. Kann denn nicht
mal ein Tag wie der andere verlaufen. Zu meinem
Entsetzen ist der Futternapf noch leer. In der
Regel ist dieser schon gut bestückt, wenn ich
herantrete. Ok, es ist noch früh, das wird
bestimmt gleich erledigt. Ein Gewusel und eine
komische Stimmung um mich herum. Meine Eltern
bewegen sich Richtung Flur und rufen mich auch
dazu. Hallo, ich habe noch kein Frühstück
bekommen. Was ist denn hier los, wie
durcheinander kann man sein, um mein Frühstück
zu vergessen.

Ich trample noch eine Weile vor meinem Napf
herum, stupse ihn sogar an. Das scheint als
Erinnerung, dass der Napf immer noch leer ist,
nicht zu reichen. Sie gehen einfach darüber
hinweg. Also das hat es noch nie gegeben.
Ich werden nun aus der Küche in den Flur, ich
will mal sagen, fast gezerrt, da ich ohne

Frühstück das Haus nicht verlassen will.

Es nützt nichts, ich werde im Flur mit meinen Dingen für Draußen bestückt und wir verlassen das Haus.

Die Fahrt endet bei meiner Ärztin. Irgendwas stimmt hier nicht.

Mein Herrchen ist bleibt wieder bei mir, meine Mama setzt sich auf einen der Stühle zwischen den anderen Fellnasen. Mein Papa und ich betreten den Raum, in dem ich mittlerweile schon öfter war und somit kenne. Fast schon routiniert hebt mein Papa mich auf diese kalte ungemütliche Fläche. Meine Ärztin tritt dazu, drückt, guckt hier und da etwas und stellt dabei meinem Papa viele Fragen. Nun hat sie wieder so ein Ding in der Hand, was sie an einer Stelle gleich in mich rein spritzen wird. Da ich auch das schon kenne und weiß, dass es nicht sonderlich weh tut, bleibe ich ruhig stehen und warte ab, dass mein Papa mich wieder nach unten hebt, ich mein Leckerli bekomme und wir wieder nach draußen gehen.

Als ich noch überlege, ob ich heute ausnahmsweise vielleicht mal zwei Leckerchen bekommen dürfte, da ich ja schließlich kein Frühstück hatte, beginne ich irgendwie

wegzudämmern. Ich kann mich gerade noch
hinlegen, bevor ich falle. Ich bin plötzlich so
müde. Ich versuche mich gegen die Müdigkeit zu
wehren. Ich kann doch jetzt hier kein
Schläfchen machen, wie soll mein Papa mich,
denn zum Auto bekommen. All das geht mir noch
durch den Kopf, bevor ich augenblicklich
einschlafe.
Als ich wieder zu mir komme, ist gottseidank
mein Herrchen bei mir, so viel nehme ich wahr.
Mehr bekomme ich im Moment nicht mit oder hin.
Mein Mund ist trocken, ich rieche nur
Desinfektionsmittel und generell ist mir übel.
Ich darf noch liegen bleiben und weiter zu mir
kommen. Während ich dies tue, nehme ich in
meinem gesamten Blickfeld etwas Weißes wahr. Im
ersten Moment denke ich, dass ich noch völlig
verschlafen bin und dadurch mein Blickfeld so
eingeschränkt ist. Nein, um meinen Kopf
befindet sich eine Art Trichter oder
Lampenschirm. Ich versuche diesen mit einer
Pfote abzustreifen, es gelingt mir nicht. Ich
habe dazu derzeit auch noch keine Kraft, darum
werde ich mich später kümmern.
Ich döse immer wieder ein wenig ein. Endlich
fühle ich mich etwas wacher, also wird es Zeit

meine Umgebung und mich genauer zu inspizieren. Während ich so liege und mir der Raum immer klarer erscheint, sehe ich, über mein eingeschränktes Blickfeld durch den Schirm, außerdem einen Schlauch, der in meinem Bein steckt. Es tut nicht weh, nur weiß mal wieder nicht, was das soll.

Ich verfolge den Schlauch bis zu seinem Ursprung und stelle fest, dass er aus einer großen Flasche kommt, in der Wasser ist, zumindest sieht es so aus. Das Wasser läuft ganz langsam in mich hinein. Das beruhigt mich ein bisschen, da ich echt Durst habe. Ich lecke aus diesem Grund und natürlich aus Dankbarkeit die Hand meines Herrchens.

Irgendwann kommt die Ärztin zu uns und entfernt den Schlauch aus mir. Dazu checkt sie mich von oben bis unten und verweilt dabei lange an meinem Bauch. Erst jetzt nehme ich zu meinem Entsetzen wahr, dass sich auf meinem Unterleib ein großes weißes Pflaster befindet. Was haben die mit mir gemacht, während ich geschlafen habe. Auch fühlt sich in dem Bereich alles ganz komisch an, wie wund.

Ich darf oder soll aufstehen. Das ist gar nicht so einfach, da mir irgendwie etwas schwindelig ist und mich außerdem dieser Trichter um meinen Kopf stört. Haben die vergessen den abzumachen. Keiner macht Anstalten den zu entfernen.

Durst habe ich immer noch. Endlich wird mir eine Schüssel mit kühlem Wasser gereicht. Ich weiß wegen dem komischen Ding um meinen Kopf gar nicht, wie ich trinken soll. Als ich endlich eine Stellung finde, mit der es gut klappt, trinke ich die Schüssel komplett leer. Nun geht es gleich viel besser mit dem Stehen. Ich möchte mich auch mal ordentlich durchschütteln, um ganz wach zu werden, lasse es aber, da ich hier und da ein Zwicken spüre. Mein Herrchen legt mir die Leine um und wir verlassen den Raum, ich mit doch noch recht wackligen Beinen.

Zum Glück müssen wir nur ein paar Meter gehen. Vorbei an den anderen Fellgesichtern, die mich zum Teil mitleidig anschauen. Das kann nur an dem Helm liegen, den mir keiner abnimmt. Ich sehe bestimmt echt komisch damit aus. Meine Mama kommt aus der Wartenden Menge auf uns zu und wir verlassen die Praxis.

Direkt vor der Tür steht das Auto. Ich werde recht umständlich hineingehoben. Selbst reinspringen, hätte ich auch nicht geschafft, auch mit kleinen Keksen nicht.

Wir düsen los, Richtung nach Hause.

Ich bin müde und möchte am liebsten während der
Fahrt wieder einschlafen, aber jetzt ist mir
auch ein bisschen schlecht. Ich halte durch, da
ich weiß, der Weg nach Hause ist nicht weit.
Angekommen, werde ich wieder sehr vorsichtig
herausgehoben.

Ich wackle auf die Haustür zu, stoße aber an
jeder Ecke an, da ich echt nicht gut sehen kann
mit dem Ding auf dem Kopf.

Ich schleppe mich rein.

Ich bin nach diesen paar Schritten völlig
erschöpft.

Als ob mein Frauchen, das geahnt hätte, hat sie
mir im Erdgeschoss, an der Heizung eine große
Matratze mit vielen Decken darauf, hingelegt.
Dort schleppe ich mich hin und versuche mich zu
legen.

Alles gerade nicht so einfach, der Helm, das
Zwicken, die leichte Übelkeit. Irgendwie
schaffe ich doch, eine einigermaßen bequeme
Stellung zu finden. Ich bin so froh, dass das
Matratzenlager an der Heizung ist, denn kalt
ist mir nun auch noch. Ich werde zugedeckt und
ganz vorsichtig gestreichelt. Darüber schlafe

ich wohl ein.

Ich komme zu mir, werde wach.

Leider war es kein Traum, ich habe den Helm immer noch auf.

Ich spüre Durst, Hunger, Schmerzen und dass ich Pippi muss. Also versuche ich mich hochzurappeln, um zu schauen, was ich davon beseitigen kann.

Mein Papa liegt wieder neben mir. Mit meinem Helm stoße ich an sein Gesicht, wodurch ich ihn wecke. Er schiebt mir etwas zu trinken zu, was ich gern annehme. Damit wäre zumindest das Bedürfnis gestillt. Nachdem ich ausgiebig getrunken habe, fühle ich mich etwas wacher und orientierter. Wir stehen beide auf, er öffnet mir die Tür zum Garten.

Ich tappe hinaus. Mir tut mein Unterleib beim Gehen weh, so dass ich lieber zurück auf die weiche Matratze schlüpfen möchte. Aber meine Blase drückt zu dolle, dass ich sie nicht ignorieren kann. Ich beiße die Zähne zusammen und suche mir ein stilles Örtchen. Mit viel Gewende und Gedrehe finde ich schließlich eine Position, in der ich mich erleichtern kann. Somit wäre auch dieser Punkt abgehakt.

Jetzt nur noch was zu essen, etwas gegen die

Schmerzen und am besten den Helm ab, dann wäre ich zufrieden.

Ich schleppe mich zurück ins Wohnzimmer und siehe da, eine Schüssel voll Futter direkt an meiner Schlafstelle. Jetzt habe ich das nächste Problem. Ich komme mit diesem dusseligen weißen Kopfding nicht an mein Futter. Immerzu bleibe ich damit am Rand der Schüssel hängen. Mein Papa erkennt mein Dilemma und füllt das Futter in einen anderen Napf um und stellt ihn sogar auf ein Bänkchen. So geht es, ich kann meinen Hunger nun ebenfalls stillen. Ich schmecke zu meinem normalen Essen noch eine andere Komponente heraus. Diese schmeckt etwas bitter. Egal, ich schlinge alles runter.

Nachdem auch das erledigt ist, versuche ich mir eine angenehme Schlafposition zu suchen.

Wie aus dem Nichts, oder ich habe sie durch den Helm einfach nicht gesehen, ist mein Frauchen neben mir und drückt mir etwas Flüssiges in den Mund. So schnell kann ich gar nicht reagieren, es zu verweigern oder gar auszuspucken, so zügig hat sie mir dies verabreicht. Ich muss ein paar Mal schlucken, weil ich gar nicht anders kann und schon ist es in mir drin. Im Abgang schmeckt es sogar nicht mal schlecht.

Nun setzt direkt eine bleierne Müdigkeit ein.
Zum Glück war die Suche nach der gemütlichen
Schlafposition bereits abgeschlossen, so dass
ich die Augen schließen kann und wieder
einschlafe.
Die nächsten Tage erinnern mich ein wenig an
meine Ankunft hier. Ich schlafe, entweder mit
Mama oder Papa im Wohnzimmer, ich auf der
Matratze an der Heizung, sie auf der Couch.
Da es mir von Tag zu Tag besser geht, wollen
wir heute eine kleine Gassi-Runde draußen
versuchen. Ich fühle mich dazu auch ausreichend
kräftig, nur mit dem Lampenschirm auf dem Kopf
gehe ich nicht raus.
Erstmal stoße ich damit immer noch an jegliche
Hindernisse an und zweitens, wie sehe ich aus.
Damit bin ich doch auf ewig das Gespött in der
kompletten Hundenachbarschaft.
Es wird nun wirklich Zeit das Ding abzunehmen.
Am Bauch juckt es mittlerweile unerträglich und
ich komme mit dem Schirm einfach nicht ran, um
mal ordentlich zu kratzen. Ich habe wirklich
alles versucht. Mit den Pfoten, meinen Zähnen,
sogar eine Art Bauchrutscher habe ich gemacht,
nichts hat wirklich funktioniert.
Meine Eltern sehen ein, dass ich draußen mit

dem weißen Lampenschirm um meinen Kopf, nicht zurechtkomme. Ich kann nicht mal richtig schnüffeln.

Sie entfernen ihn mir endlich und ich genieße dieses kleine Stück neu gewonnene Freiheit. Leider haben mich mit dem Teil doch schon einige meiner Fellkumpels gesehen, so dass es doch die Runde machen und sich eventuell auch die Schnauze darüber zerrissen wird. Aber das ist mir grad alles egal, Hauptsache ich gehe wieder oben ohne. Unterwegs bin ich durch viele neue Spuren abgelenkt, so dass ich vorerst den Juckreiz an meinem Bauch vergesse. Wir halten die Runde kurz, was mir recht ist. Nachdem wir wieder zurück sind, möchte ich mich nun aber ausgiebig meiner Narbe am Bauch widmen. Jetzt spüre ich das Jucken wieder richtig, es ist regelrecht aufdringlich, so es ich es nicht mehr ignorieren oder gar vergessen kann. Ich suche eine entsprechende Stellung, so dass ich auch gut rankomme. Kaum will ich mich ans Werk machen, und richtig dagegen Kratzen, da kommt mein Frauchen gerannt und hält mich davon ab. Die hat ja keine Ahnung, wie sich das anfühlt. Ich warte also, bis sie wieder verschwindet und versuche es erneut. Anscheinend beobachtet sie

mich heimlich, denn sofort ist sie wieder zur
Stelle. So geht es eine ganze Weile hin und
her. Nun kommt sie mit einer Art Strampelanzug
und zieht ihn mir an. Er wird passend gezogen,
mit einem Knoten versehen und schon stehe ich
hier, wie ein begossener Pudel, äh nein
Podenco.
Aber ehrlich, mir ist alles lieber als der
Lampenschirm auf meinem Kopf.
Den Strampelanzug muss ich nun eine ganze Weile
tragen.
Heute, wir haben bereits gefrühstückt, gehen
zum Auto und fahren los. Ich weiß natürlich
sofort, wo wir bei Ankunft sind, beim Arzt.
Bisher waren zwar alle da drin immer recht nett
zu mir und es gab auch immer ein Leckerli, aber
nach der letzten Nummer ist der Bogen
überspannt.
Naja, wir gehen rein, ich habe sowieso kein
Vetorecht.
Wir können direkt durchgehen ins
Untersuchungszimmer, na wenigstens das. Denn die
Warterei macht mich ganz kirre.
Ich lande also wieder auf dem Metalltisch und
diesmal wird mein Bauch, Unterbauch ausgiebig
inspiziert. Hier und da verspüre ich einen

kleinen Giks.

Zwischen den Zweibeinern werden wie immer viele Worte gewechselt, bis ich endlich wieder vom Tisch kann. Das war ja diesmal ganz easy. Auch bekomme ich ein besonders großes Leckerli. Vielleicht haben die ja doch ein schlechtes Gewissen, vom letzten Mal.

Wir fahren wieder nach Hause und siehe da, ich muss den Strampler nicht mehr anziehen, geschweige denn den Helm aufsetzen.

Vielleich hat mein Frauchen es aber einfach auch nur vergessen. Also schleiche ich mich still und leise nach oben und widme mich nun endlich meiner Narbe am Bauch. Das tut gut, mich endlich ganz autark meinem Körper widmen zu können.

Die weiteren Tage plätschern so dahin und das ist auch gut so. Routine und Vorhersehbarkeit sind mir am liebsten. Dabei kann ich mich gut entspannen, da es mir ein Gefühl von Sicherheit vermittelt.

# DIE ÜBERRASCHUNG

Heute, es ist mittlerweile richtig schön warm draußen mit herrlichem Sonnenschein, geschieht wieder etwas Ungewöhnliches.
Es werden Dinge von draußen nach drinnen und wieder zurückgeschleppt.
Ich liege auf einer meiner Decken, diesen Platz habe ich extra gewählt, um diesen Treiben, natürlich aus kleinen Augenschlitzen zuschauen zu können. Erst habe ich versucht mit nach draußen zu huschen, um zu sehen, was und warum Dinge von A nach B und wieder zurückgebracht werden. Dabei musste ich feststellen, stehe ich aber nur im Weg und sehen, was dieses Theater soll, konnte ich auch nicht. Also versuche ich aus dieser Perspektive schlau zu werden.
Nachdem mit der Schlepperei gefühlt Stunden zugebracht wurden und meine Mama zusätzlich in der Küche wirbelt, um Riesenessenspakete zu schnüren, wird mir endlich auch mal wieder Aufmerksamkeit zuteil.
Jetzt fängt sie schon wieder an, mit mir über eine angebliche Überraschung zu sprechen. Sie

plaudert seit Tagen über nichts anderes und sagt dann im Nachgang immer dazu, aber das soll ja eine Überraschung für mich werden. Häää. Obwohl ich bereits ein halbes Jahr bei meinen Eltern lebe, gibt es immer noch so viele Dinge, die ich nicht verstehe. Das ist wieder so eins davon. Mir wird alles erzählt und dann soll ich so tun, also wüsste ich von nichts. Naja, jede Spezies hat so ihre Macken. Während sie mir es also erneut erzählt, ziehen wir uns an und gehen eine sehr große Runde spazieren. Nachdem wir zurückkommen, versucht Papa die letzten Sachen Tetrismäßig noch ins Auto zu bekommen. Selbst eine meiner Schlafplätze sehe ich im Auto oben aufgetürmt. Soll das alles weg. Wo bringen sie das hin. Ich kann meinen Überlegungen gar nicht lange nachhängen, da werde ich zu den ganzen Utensilien an Klamotten, Essen, Schlafplatz, ja selbst zu den Fahrrädern geschoben. Mein Gott, ist das eng. Meine Eltern steigen vorn ein. Meine Mama hat aber auch nicht mehr Platz als ich, ich sehe sie kaum. Sie sitzt in einem Duft von Essen. Noch bevor ich weiß, wie oder besser gesagt, wo ich mich hier legen soll, geht die Fahrt schon los. Ich falle beim Anfahren nach hinten um, komme zischen einer Speiche des Fahrrades, aber überwiegend auf meinem Schlafplatz zum Liegen und verbleibe einfach so. Viel andere Möglichkeiten hätte ich eh nicht gefunden.

Wir fahren, die Stimmung ist heiter. Immer wieder höre ich meine Mama sagen, dass wir der Überraschung immer näherkommen und auch wie sie dabei lacht. Sehen kann ich sie durch meine zwangsweise eingenommene Liegeposition und ihrem Versteck zwischen tausend Essenspaketen gar nicht mehr.

So langsam finde ich meine Position sogar recht gemütlich. Die Kuhle hat sich meiner Körperform angepasst. Das Schnurren des Motors und Geschaukel schläfern mich tatsächlich ein wenig ein.

Ich spüre an starkes Pressen, an eine Seite meiner Kuhle. Durch diesen Bremsvorgang werde ich wach und versuche mich umzuschauen.

Wir halten und ich werde erstmal aus der Enge rausgezogen und darf rausspringen. Ich strecke und dehne jedes Bein, nein jeden Muskel einzeln.

Nachdem ich mich einigermaßen sortiert habe und nun auch richtig wach bin, nehme ich einen besonderen Geruch wahr. Den kenne ich noch nicht. Mein Gehirn versucht ihn irgendwo einzuordnen, was nicht gelinkt und trotzdem bekomme ich die Rückmeldung, dass der Geruch toll ist. Ich versuche wenigstens zu ergründen, woher dieser kommt, aber auch das gelingt mir nicht. OK, darum kümmere ich mich später, nun muss ich erstmal schauen, wo wir überhaupt gelandet sind.

Wir parken direkt vor einem kleinen Häuschen, von denen es hier viele gibt. Nun geht für meine Eltern das gleiche Prozedere los, wie zu Hause.

Sie rennen in das Häuschen rein, wieder raus, alles wird irgendwohin getragen.

Nachdem mein Schlafplatz auch schon reingeschleppt wurde, nehme ich mir vor, mich ebenfalls da drinnen gründlich umzusehen und vor allem, wo mein Schlafplatz gelandet ist. Das Innere macht einen sehr gemütlichen Eindruck. Mein Schlafdeckchen liegt vor einem großen bodentiefen Fenster, perfekt. Von hier aus habe ich drinnen und draußen alles im Blick.

Das hin und her geht noch eine Weile, bis alles verstaut und an Ort und Stelle ist.

Es scheint vollbracht zu sein, denn nun bekomme ich all die erforderlichen Dinge um den Hals und die Brust geschnallt und wir machen uns los.

Wir laufen ein paar Schritte, da drängt sich mir der besondere Geruch wieder in die Nase. Wir laufen anscheinend direkt darauf zu. Ich fühle mich immer aufgeregter und will schneller voran. Wir laufen durch einen kleinen Wald und wie aus heiterem Himmel, taucht vor uns nichts als Sand und Wasser auf. Ich bin im ersten Moment völlig sprachlos.

Meine Gene, Instinkte, Emotionen übernehmen die Führung und ich presche los. Erst nach einiger Zeit merke ich, dass ich ohne Leine bin. Diese müssen mir meine Eltern in dem Moment der Sprachlosigkeit abgenommen haben. Es ist der Wahnsinn. Ich renne, laufe, schlage Haken und weiß mit meiner Freude gar nicht wohin.

Als ob das nicht alles schön verrückt genug wäre, scheint dazu die Sonne und meine Eltern breiten eine große Decke mitten auf dem Sand aus. Als i- Tüpfelchen, wird auf diese nun auch noch allerlei Essbaren gelegt. Während ich mir diese Szenerie kurz anschaue und wirken lasse, denke ich mal wieder, was habe ich nur für ein

Glück gehabt.

Bevor ich mich aber dem Essen widmen kann, muss ich in das einladende kühle Nass. Wie bereits erwähnt, bin ich eine richtige Wasserratte. Ich stürze mich also ins Wasser und möchte dabei natürlich auch ausgiebig trinken. Doch was ist das. Das Wasser schmeckt ganz eigenartig. Ich versuche es wieder auszuspucken, um es gleich noch einmal zu versuchen. Nein, es wird nicht besser. Mein Frauchen steht am Rand und ruft mich. Sie hat meine mobile Trinkstation in der Hand.

Ich laufe schnell zu ihr, da ich nicht nur einen komischen Geschmack im Mund habe, sondern dazu noch jede Menge Sand. Ich trinke viel und beginne wieder von vorn, renne, laufe, schlage Haken und stürze mich schließlich in die Fluten. Dabei versuche ich aber möglichst kein Wasser mehr zu mir zu nehmen.

Zwischendurch mache ich natürlich an der Decke immer wieder Halt, hole mir dort etwas Leckeres ab und düse weiter.

Wir bleiben hier, bis es dunkel wird und genießen den Moment. Wieder zurück, in dem kleinen Häuschen, gehen wir alle zügig schlafen, Wir sind satt, müde und glücklich.

# MEIN 1. GEBURTSTAG

Heute ist der 28.5.2018, mein erster
Geburtstag. Das weiß ich auch nur, weil meine
Eltern heute früh, ich bin noch nicht ganz
wach, an meinem Schlafplatz stehen und singen.
Ich bin mir nicht sicher, ob das noch zu meinem
Traum gehört oder tatsächlich Realität ist.
Nachdem ich aber nun, nach dem Ständchen von
beiden dolle gedrückt und beschmatzt werde, bin
ich mir der Realität sicher.
Das muss wieder so ein eigenartiges
Zweibeinerding sein, denn natürlich weiß ich
wieder mal nicht, warum.
Erst jetzt nehme ich wahr, dass wir ja in dem
kleinen Häuschen sind, in dem wir gestern
angekommen sind.
Eigentlich möchte ich nur was frühstücken und
sofort wieder zu der Stelle, an der wir gestern
so lange im Sand gesessen haben. Natürlich auch
wieder mit reichlich Proviant.
Apropos Proviant. Aus dem Augenwinkel nehme ich
einen reichlich deckten Tisch und eine
brennende Kerze wahr. Das kuriose ist nicht

allein die brennende Kerze, sondern, es liegen
zwei so bunte Päckchen darauf, wie ich sie
schon einmal gesehen habe, in Zusammenhang mit
dem Baum.

Ich suche jetzt erstmal meinen Futternapf auf,
der bereits gut gefüllt parat steht und schlage
mir den Bauch voll.

Auch meine Eltern sitzen an dem Tisch und
frühstücken. Während sie kauen und allerlei
leckere Dinge in sich hineinschaufeln, bekomme
ich eines dieser bunten Päckchen nach unten
gereicht. Ich habe sie damals schon nicht
aufbekommen, also wird das diesmal sicher auch
nichts. Ich versuche es zumindest, aber nein.
Meine Mama hilft mir und zum Vorschein kommt
ein Bällchen. Nicht nur irgendein Bällchen.
Beim Rollen macht es quietschende Geräusche und
blinkt auch noch dazu. Ich nehme es ins Maul
und inspiziere es ausgiebig. Es ist sehr leicht
und hat eine komische Konsistenz, die beim
Draufbeißen leicht nachgibt. Das zweite
Päckchen wird für mich ausgepackt. Aus diesem
strömt ein leckerer Duft. Es sind meine
Lieblingsleckerlis. Davon darf ich direkt eins
naschen.

Nachdem mir nun mehrmals zum Geburtstag

gratuliert worden ist und meine Mama mehrfach nachgefragt hat, ob ich mit meiner Geburtstagsüberraschung zufrieden bin, die anscheinend den kompletten Aufenthalt hier einschließt, bedanke ich mich sehr ausgiebig bei beiden, indem ich ihre Hände abschlecke. Nun werden Rucksäcke gepackt. Auch die Decke von gestern kommt hinzu, auf der wir im Sand saßen und reichlich gegessen haben. Der Hinweis reicht mir, um mich auf den kommenden Tag zu freuen. Es ist super hier und die Überraschung ist meinen Eltern wirklich gelungen. So verbringen wir eine Zeit an diesem wunderschönen Ort, bis es wieder nach Hause geht. Trotz, dass ich es hier so toll finde, freue ich mich auch wieder riesig auf zu Hause und auf den Kleinen, denn der war leider nicht dabei.

Danksagung

Meine liebe Wendymaus, mit all deinen
Kosenamen, die ich hier nicht alle aufführen
kann, danke ich dir von Herzen für deine
Schilderungen aus deiner Sicht der Dinge.
Du hast uns bewiesen, dass an dem Sprichwort,
„Das letzte Kind hat Fell.", tatsächlich etwas
dran ist und es unsere beste Entscheidung
bisher war, dich in unsere Familie zu holen.
Du bist ein Teil von uns geworden, wir möchten
dich nicht mehr missen.
Meiner lieben Freundin Heidi, einer der
kreativsten Köpfe, die ich kenne, Künstlerin,
Autorin, danke ich ebenso für ihre
Unterstützung. Vielen Dank der Künstlerin Heidi
Daniels.

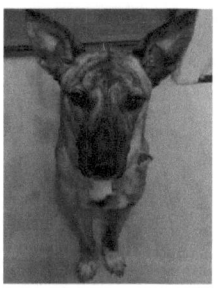

Die Hündin Wendy erzählt humorvoll ihre eigene Geschichte bis zu ihrem 1. Geburtstag. Sie berichtet von ihren tollen Erlebnissen und ihrem glücklichen Hundedasein.

Wendy nimmt die Leser mit auf eine lustig geschriebene Reise. Sie schildert ihre ersten Erfahrungen aus allen möglichen Bereichen. Von der Ankunft in ihrem neuen zu Hause über das Kennenlernen von Freunden, dem ersten Tierarztbesuch, ihren ersten Erfahrungen mit Weihnachten und Sylvester bis hin zu ihrem ersten Urlaub am Meer und schließlich ihrem ersten Geburtstag.

Sie tut dies mit viel Charme und einer Prise Humor aus ihrer einzigartigen Perspektive.

Die Geschichte wird aus der Ich-Perspektive von Wendy erzählt, was dem Leser einen tiefen Einblick in ihre Gedanken und Gefühle gibt.

Der Ton ist humorvoll, und bringt den Leser dazu ihre Gedankenwelt nachzuvollziehen und ihre Reise hautnah mitzuerleben.